Hilde Spiel

Rückkehr nach Wien

Hilde Spiel

Rückkehr nach Wien

Ein Tagebuch

Mit einem Beitrag von

MARCEL REICH-RANICKI

Amalthea

Erstausgabe 1968

Der Text »In den Lüften Europas«
im Anhang aus:
Marcel Reich-Ranicki, Reden auf Hilde Spiel.
Paul List Verlag, München 1991

Rückseite des Schutzumschlags:
Auszug aus der Rezension Marcel Reich-Ranickis zur Erstausgabe
des vorliegenden Buches, die am 21. 2. 1969 unter dem Titel
»Zu empfehlen« in der »ZEIT« erschien.

Das Foto der Autorin stammt aus dem Nachlaß
Hilde Spiel im Österreichischen Literaturarchiv
der Österreichischen Nationalbibliothek.

Umschlaggestaltung: Wolfgang Heinzel
unter Verwendung des Motivs der Erstausgabe
Gesamtherstellung: Wiener Verlag, Himberg
Printed in Austria
ISBN: 3-85002-389-3

29. Januar 1946

Lange vor Tagesanbruch komme ich in der St. James's Street an und höre, der Flug nach Wien sei abgesagt. Dies ist eine der subtilen Martern unserer Zeit: man wird, mit allen Sinnen einem Ziel entgegenfiebernd, das bereits greifbar nahegerückt scheint, zurückgeworfen in ein abgetanes Leben. Als ich meinen Hügel im Vorort hinaufklettere im Morgengrauen, begegnet mir ein Soldat, der mich in Khaki mit dem Koffer in der Hand sieht und mir zuruft: »Aus dem Krieg zurück, Love? Nie mehr Naafi-Kantine!«

Ich nehme Zuflucht zu einem Schnupfen, der seit Tagen in mir gebrodelt hat. Im Bett, vor mich hindämmernd, vertrödle ich den überflüssigen Tag. Der Sommer vor elf Jahren fällt mir ein, als eine Erkältung meiner ersten Ankunft am Ärmelkanal ein besonderes Aroma gab. Aus Österreich kommend, hatte ich am Ende einer belgischen Reise Ostende erreicht. Mein Geld war fast verbraucht, aber ein freundlicher Hotelier erlaubte mir für fünf Francs, in einer unbenützten Dachkammer zu schlafen. Die salzige Luft, die bunt bemalten Frauen, die ich auf dem Weg vom Bahnhof her gesehen hatte, versetzten mich in eine Art Rausch, so daß ich mir, zum ersten Mal im Leben, die Fußnägel lackierte. So gewappnet, heiter und sorglos in meinen Sandalen, ohne Mantel oder Überwurf, ging ich zum Strand in einem triumphalen Gefühl der Einsamkeit. Der Ozean donnerte.

Möwen hingen im milchigen Licht einer Gouache. Diese Seelandschaft war anders als alles, was ich von den Küsten des Mittelmeers gewohnt war: in der gedämpften Helligkeit der Luft lag noch ein Dunst, den mein Schnupfen um mich webte. Ein junger französischer Tenor, eine Vedette der Komischen Oper – gedrungen, mondgesichtig und in etwas gekleidet, das als authentische englische Ausrüstung *pour le sport* gedacht war –, lud mich in die Bar Anglais ein zu einem Glas Port und einem Stück Cheddar. Dies und eine Omelette, die ich abends in einem billigen Restaurant der Innenstadt aß, waren verklärt durch den Salzgeschmack, der alles durchdrang. Am nächsten Tag war meine Erkältung weg, vom Meereswind vertrieben. Ostende wirkte danach erstaunlich schal, und ich beeilte mich, den Orientexpreß nach Wien zurück zu nehmen.

30. Januar

Um vier Uhr früh breche ich von neuem auf. Ziemlich hohes Fieber wirkt auf mich, als wäre ich leicht betrunken. Während ich durch die Nacht zu unserer kleinen Station gehe, gehüllt in einen groben Militärrock, Pelzhandschuhe und einen khakifarbenen Schal, fühle ich jene alte Einsamkeit wieder in mir aufsteigen und mich beflügeln.

Diesmal erwarte ich mir mehr als die wohlbekannte Sensation des Reisens. Nicht etwa, wie das Wort ›Kriegskorrespondent‹ auf meiner Achselklappe anzeigen will, die naive Freude des Journalisten am Betreten unerforschten Bodens. Schon viele haben vor mir Europa wiedergesehen. Seit sechs Monaten liegen die britischen Truppen in Wien, und lange vorher hat man aus Berichten von seiner Belagerung und Einnahme durch die Rote Armee gehört. Meine eigenen Hoffnungen sind anderer Art. Ich bin daran, die letzten Spuren eines öden und elenden Krieges auszutilgen, den ich in der täglichen Schlange vor dem Fischladen, in nächtlicher Feuerwache und in Gebärkliniken verbracht habe, unter vielfältiger, aber dennoch monotoner Gefahr. Ich werde mein gegenwärtiges Leben mit meinem vergangenen vergleichen, meine Loyalität prüfen und mein Gefühlsvermögen einem Experiment unterziehen. Jahrelang wurde ich an heftigen Empfindungen gehindert, zuerst vom Vorbild englischen Gleichmuts, dann unter dem Diktat des anders unerträglichen Krieges. Die Langeweile und der Schrecken der Kampfhandlungen haben jeden seelischen Aufruhr zum Schweigen gebracht. Ruhe und Ausgeglichenheit wurden zu den rettenden Tugenden; sie bewirkten auch, wie es nicht anders möglich ist, den mählichen Tod der Inspiration. Ich wußte immer, daß der Wechsel das Klima des Schriftstellers sei. Was ich nicht wußte, bevor dieser Krieg es mich lehrte: daß man fruchtbar aufgewühlt wird nicht so sehr von äußeren wie von inneren Konflikten, vom ständigen Aufflackern emotioneller Kontraste. Diese Kontraste waren mir an der Heimatfront versagt geblieben. Jetzt stehen sie mir bevor.

Heute früh, so scheint es, fliegen wir tatsächlich ab. In einem Seemuschel-Sonnenaufgang fährt man uns nach Croydon. Eine Dakota nimmt uns auf und startet nach Brüssel. Der Himmel ist wolkenlos. Wir überqueren die Küste von Kent, dann das metallene morgendliche Meer. Nach den Kratern von Dünkirchen endlich die Pappelalleen, die schmalen gewundenen Kanäle und kahlen Winterwiesen von Belgien. Dieses rührend fahle Grün ist für mich die erste Wiederbegegnung mit einer kontinentalen Kindheit; meine eigenen Kinder wachsen auf üppigen englischen Rasen auf.

Später

Wegweiser, auch den dumpfesten soldatischen Gehirnen verständlich. Sicherheitskontrolle, Gutscheine für die Mahlzeiten, die Naafi-Kantine. In diesem kargen Raum, von einer Londoner Cafeteria nur durch einen schwelgerischen Aufbau von Obst unterschieden, suche ich mich vergeblich davon zu überzeugen, daß ich in Brüssel bin. Sainte Gudule und die engbrüstigen gotischen Häuser waren aus der Luft zu sehen gewesen, als wir zur Landung niedergingen. Dieses Flugfeld aber ist Niemandsland, ein Hemmnis der Phantasie.

Könnte ich jetzt zur Stadt fahren, fände ich dann noch meine Freunde darin? M., bei der ich 1935 abgestiegen war – ein Mädchen voll übermütiger Laune? Nach ihrer Heirat mit einem Belgier nahm sie rasch die Eigenschaften einer bonne petite bourgeoise an, verwöhnte ihren kränklichen Mann, nannte ihre Kinder Lucienne und Claudine. Das naivste Anzeichen ihrer Häuslichkeit, als ich damals bei ihr wohnte, waren jene zwei gestrickten Bällchen in Form und Farbe einer Orange und einer Zitrone, die sie an den Schlüsseln ihrer Schlafzimmerschränke befestigt hatte. Von einer Herkunft, die sie den deutschen Eindringlingen nicht empfahl – ist diese kleine Familie wohl aus ihrem Haus in Schaarbeck vertrieben, ist sie in versiegelte Viehwagen gesteckt worden, deportiert und vergast? Oder hat sie sich durch Flucht vor diesem Schicksal retten können, taumeln die Zitrusfrüchte immer noch an dem verlassenen Schrank?

Und Paul und Richard – der Wallone und der Flame, die einander in brüderlicher Freundschaft verbunden waren? Paul, der in der belgischen Hauptstadt ein Leben von Pariser Verfeinerung führte, hatte mir seine Junggesellenwohnung geliehen, indes er nach Venedig fuhr. Ich verbrachte zwei Wochen in diesem preziösen Zimmer mit dem gläsernen Tisch, den Duke-Ellington-Platten und den malvenfarbenen Anzügen, dem italienischen Majolika-Service. Ich lebte von Garnelen und Pfirsichen und fromage blanc, die ich unten im Laden kaufte. Unter seinen Büchern fand und las ich zum ersten Mal Gides ›Nourritures terrestres‹ und Paul Drouots ›Eurydice deux fois perdue‹. Nachts stellte ich sein Radio auf Ambrose's Band in London ein. Bevor ich abreiste, kaufte ich ihm einen Badezimmerspiegel, der ihm offenbar fehlte. Ich sah ihn nie wieder. Ist er in diesem Krieg in der Résistance gestorben, oder hat er Patronenhülsen in einer deutschen Kriegsfabrik gedreht? Schlimmer noch, hat Richard sich zur Kollaboration bewegen lassen, mit seinem flämischen Phlegma und blauen, teutonischen Auge?

Unsere militärischen Zeremonienmeister bedrängen uns. Wir müssen eilends weiter, nach Frankfurt. Der

Himmel hat sich bedeckt. Die Nase zu den Wolken hin gerümpft, deutet der Pilot an, daß wir heute vermutlich nicht bis Österreich fliegen werden.

Nachmittag

Eine Stadt, die uns in Todesgrinsen vom winterlichen Boden entgegenstarrt. Eine holprige Landung. Wir sind im Kernpunkt der amerikanischen Besatzung von Deutschland: das Frankfurter Militärflugfeld. Im Wartesaal eine scheinbar bewegte, in Wahrheit statische und ziellose Menge, die unablässig auf der Stelle tritt. Wir warten auf den Wetterbericht aus Wien – worauf warten alle andern? Diese G.I.s, die sich auf Stühlen räkeln, rund um den Ofen fläzen oder sich weit über den Auskunftsschalter beugen, um mit der deutschen Beamtin ein amouröses Geplänkel zu führen, haben etwas von der Eleganz der Campus-Trachten in der ›Junior Vogue‹. Die Mädchen, in ihren unsichtbaren Nylonstrümpfen, hochhackigen Pumps und olivgrünen Uniformblusen mit Kapuzen von erlesenem Schnitt, scheinen den Krieg und die Besatzung auf die modische Ebene zu heben, als eine Aufgabe, derer man sich kühl und geschickt entledigt, im besten Schneiderkostüm. Der Duft von brennendem Fichtenholz mischt sich mit dem Geruch der Chesterfields. Geschlossenen Augs könnte man sich in einem Schweizer Winterkurort vor dem Kriege wähnen, wo über dem heimisch-derben Dialekt transatlantische Laute und Oxford-Englisch gleich hochmütigen Rauchschwaden wehen.

Haufen mißmutiger Kriegsgefangener in allen Ecken, die unentschlossene Versuche machen, den Boden zu fegen, und nach Zigarettenenden schnappen, sobald diese den schläfrigen Fingern der Amerikaner entglitten sind. Vom fern gelegenen Teil des Saales zeitweilig Gebell, wenn irgendwelche Flüge angekündigt werden. In dem stickigen Raum ist mein Schnupfen aufgetaut; ich sitze da in einem unbequemen Schweigen. Der Oberst und der Oberstleutnant an der Spitze unserer Passagierliste, zwei aufgeblasene Herren, fauchen von Zeit zu Zeit den Flugsergeanten an, der hier ein untergeordnetes Dasein als britischer Verbindungsoffizier führt. Stunden vergehen, jene endlosen verschwendeten Stunden des Militärlebens, wenn der Befehl nicht eingetroffen, das Fahrzeug nicht angekommen ist, wenn die Messe noch nicht geöffnet oder die Schlacht noch nicht begonnen hat, Stunden, in denen man im Raum ausgesetzt und in der Zeit vergessen ist, scheinbar für immer.

Schließlich bringt man uns nach Frankfurt, wo wir übernachten sollen. Nichts außer amerikanischen Straßenschildern leuchtet in dieser Landschaft fahler Farben – wir sehen nur müdes Grün, schmutziges Weiß, trübes Ocker, dämmriges Braun. Unsere Niedergeschlagenheit, als wir die Stadt erreichen, wird viel eher durch ihre Trübsal bewirkt als durch ihre Ruinen, durch den Mangel von Farbe und Licht weit mehr als durch den Überfluß von Staub und Schutt. Irgendwo setzt der Autobus uns ab, und wir stolpern dahin, umnebelt und zu matt, um uns über den Oberst und Oberstleutnant zu empören, die unser Unbehagen verlängern, indem sie auf einer Unterkunft bestehen, die ihrem höheren Rang entspricht. Ihr Kastengeist wird befriedigt. Man weist ihnen Zimmer im Carlton Hotel an, indes wir anderen, bloße Zivilisten und ein paar Frauen, in einem Schauer von Schneeregen zu einem kleinen, aber warmen Transithotel gebracht werden, das unfern davon liegt.

Eines der beiden Mädchen, die das Zimmer mit mir teilen – eine Sergeantin der ›Auxiliary Territorial Services‹ und eine neuernannte Wohlfahrtsbeamtin der Armee in Wien –, beginnt sofort sich zu waschen und Zivilkleider anzulegen. Ich bewundere ein Geschick, das sie sich in mehreren Jahren angeeignet haben muß, wie sie den Khakirock faltet, ihre Jacke auf die Stuhllehne hängt und die Krawatte glattstreicht. Während sie sich mit Karbolseife und Nachdruck schrubbt und dann Eau de Cologne in ihr hübsches Haar einbürstet, versucht Margaret sie über Wien auszufragen.

Wie kommt die ATS mit den Österreichern aus?

Ein leerer Blick: »Wir kennen sie kaum.«

Was für Vergnügungen haben die Mädchen?

»Ach, Reiten, Eislaufen, Skilaufen, was Sie wollen. Sonntags fährt ein Bus zum Semmering, wenn man früh genug aufstehen will.«

Wird auch getanzt?

»Na, was denn – wir tanzen jeden Abend in Wien. In der Bag o'Nails, so einer Art Nachtklub. Oder in Kinsky's, dem alten Palais, wissen Sie. Ist im Grund nur für Offiziere, aber wir Mädels kommen schon rein.«

Ich liege auf meinem Bett und versuche, meinen fiebrigen Kopf auszuruhen. Das Bild des Palais Kinsky in der Herrengasse zuckt vor mir auf und verschwindet wieder. Die Freitreppe, gesäumt von mächtigen Karyatiden, weiße Barockkachelöfen und Kristallkandelaber – trotz der Sergeantin und ihrer Tänzer sehne ich mich danach, es wiederzusehen.

Nacht

Von Hunger getrieben, gehen wir noch einmal aus, über den tropfnassen Platz. Die Alliierte Transitmesse liegt zwanzig Minuten vom Hotel am Ende einer breiten Straße, die vom Bahnhof wegführt. Unsere Flugmannschaft, blutjunge hochgewachsene und fröhliche Australier, haben in der Halle gewartet, um uns hinzubegleiten. Wir folgen ihnen in die zerstörte Stadt. Die Sergeantin tanzt auf hohen Hacken voran. Margaret hat meinen Arm genommen. Füllig, rosig, direkt, eine prächtige Frau aus Yorkshire, spart sie nicht mit erschrockenen Ausrufen über den Anblick, der vor uns liegt.

Es ist die Stunde des sinkenden Lichts. In Hauseingängen, an Straßenecken, rund um den Bahnhofsplatz, stehen kleine Gruppen von G.I.s zusammengeschart und starren durch den Regen. Aus den Seitengassen, immer zu zweit, tauchen die kleinen Lastermädchen auf – liederliche, verdorbene Gören, weniger geneigt zum Kichern, dantesker als ihre Vorgängerinnen in der Shaftesbury Avenue. Entlang unserer Straße, durch den am meisten von Bomben zerstörten Stadtteil, stapfen zahllose Menschen durch den gelblichweißen Matsch. Es sind viele Krüppel darunter, es gibt Kinder, so durchsichtig wie Puppen aus Papier, sie sind aschgrau gekleidet in grobgestrickte Rollkragenpullover und stecken in zerrissenen, mit Bindfaden verschnürten Armeestiefeln. Schließlich zwei junge Menschen, die ich nie mehr werde vergessen können. Von gleicher Größe und Gestalt – sie müssen Bruder und Schwester sein, vielleicht ein Zwillingspaar –, überqueren sie die dämmrige Straße, vorsichtig über die Haufen von Schutt und Geröll hinweg. Ihr Haar ist dünn und sehr hell, ihre Gesichter sind kreidebleich und auf ihren blauen Lippen liegt das jenseitige Lächeln der Todgeweihten. Sie sind so offenkundig am Ende ihrer Kraft, daß man zweifeln muß, ob sie heute abend noch ihre Wohnung erreichen werden. Aber wie verirrte Kinder im Märchen suchen sie langsam ihren Weg durch die Wildnis aus zersplittertem Mauerwerk und geborstenem Stein.

Würden wir nicht durch viele feindselige Blicke daran gemahnt, daß diese deutsche Tragödie nicht die unsere ist, wir könnten die fröhliche Stimmung in der Transitmesse nicht ertragen. Die Messe liegt in einem Keller unter einer riesigen Ruine; Kellner und Besucher schaffen vereint eine Atmosphäre von dichter Gemütlichkeit. Der grüngekachelte Ofen verströmt Hitze. Rundliche Serviermädchen mit blonden Zopffrisuren schwingen Steingutkrüge voll Bier. Man stellt große Platten vor uns auf den Tisch, angehäuft mit Fleisch in dickem Bratensaft, fettglänzendem Gemüse, schwerem Kuchengebäck. Wir sind hungrig, und wir essen. Doch während wir essen, spüren wir, wie eine Schicht von Verhärtung unser Gefühl umschließt. Wir schämen uns und suchen nach einer Erklärung, einer möglichen Rechtfertigung solch furchtbaren Widerspruchs.

»Nein, es ist ein Unrecht«, sagt Margaret. »Aber es bleibt ein Unrecht, ob ich in Frankfurt oder Ilkley bin. Warum soll ich also nicht meinen Braten essen?«

Wir fahren mit der Straßenbahn zurück und werden nicht aufgefordert, ein Billett zu lösen. Selbst wertlose zwanzig Pfennig aber erschienen uns zuviel für eine Fahrt, in der wir, ein Häuflein Uniformierter, unter den deutschen Fahrgästen stehen, von ihnen getrennt durch eine Mauer des Hasses.

31. Januar

Atmosphärische Strömungen haben uns in viertausend Meter Höhe gezwungen. Auf diese überirdische Landschaft aus geballtem Schaum scheint die Sonne aus einem anderen, erhabeneren Himmel nieder. Unser Flugzeug segelt über ein weißes flockiges Meer, gesäumt von den Hügeln und Tälern einer unbekannten Welt. Man fühlt sich sicher, wenn man über diese Wolken gleitet, man denkt nicht an den gähnenden Abgrund, der unter ihnen liegt. Von diesem Wahn waren die jungen Piloten im Krieg erfaßt: Richard Hillary schrieb davon in seinem Buch ›The Last Enemy‹, bevor er ihm selbst erlag. In dieser zweiten Region, dieser gereinigten Luft, fern vom Leben der Erde, treten Illusionen an die Stelle der Realität. Der Tod scheint nicht mehr ein qualvoller Rückzug aus einem verstümmelten Leib, sondern ein Schritt in die Unendlichkeit, so mühelos und unmerklich wie der Aufstieg durch diese Wolkendecke.

Nachmittag

Im Tiefflug erkennen wir den Wienerwald, armseliges Hügelland, da und dort dunkelgrüne Flecken im flimmrigen Grau. Die ersten Behausungen sind Holzhütten, hilflos vereinsamt inmitten gefrorener Bäche und Bäumen ohne Laub.

Ich entdecke Spuren, die Skiläufer über die Hänge gezogen haben. Auf solch milden Abfahrten habe ich einst den Schneepflug erlernt. Im Winter hatte die Landschaft immer eine rührende Monotonie, die melancholischen Wellenlinien des Mittelgebirges. In Bretterbuden wie diesen haben wir um einen alten Eisenofen gerastet, unser auftauendes Schwarzbrot gegessen und Skiwasser getrunken, eine rötliche Flüssigkeit mit gemischtem Zitronen- und Himbeergeschmack.

In diesem Augenblick wird mir klar, daß von nun ab jeder meiner Wege von Erinnerungen beschattet sein wird. Unvermeidlich werde ich meine Kindheit verklären – vielleicht die einzige fruchtbare Zwangsvorstellung unserer Zeit. In einem Buch über James Joyce las ich kürzlich, das Schreiben sei heute kein Schöpfungsakt, sondern ein Beschwörungsakt, gesättigt mit Reminiszenzen. Aber ich bin nicht gekommen, um mein früheres Leben zu beweinen. Ich kehre an meinen Ursprung zurück, entfremdet durch langes Fortsein, gestählt durch manchen Verlust und bereit für eine harte, vermutlich schmerzliche Erfahrung. Manchmal stehen wir im Traum unerwartet uns selbst gegenüber. Etwas von dem Schock solcher Konfrontationen liegt in der Begegnung mit der eigenen Vergangenheit.

Wir landen.

Das Schwechater Flugfeld ist von Kratern durchlöchert, seine Rollbahn mit Schneeschlamm bedeckt, aber unser Pilot geht mit einer Eleganz zu Boden, die ich bereits zu schätzen weiß. Ich steige aus, nicht sonderlich bewegt von der Berührung mit der Heimaterde: ein Streifen Zement erweckt keinerlei Sentimentalität. Die meisten Gebäude ringsum sind von Bomben zerstört. Nur eine Halle steht noch, in der wir die Kontrolle hinter uns bringen, nebenan eine zugige Hütte, die als Kantine dient. Überdies gehört das Mädchen, das uns jetzt mit den gelangweilten Händen einer Kellnerin bei Lyons englischen Tee kredenzt, zu jenen mürrischen Wiener Blondinen, an denen mir von jeher wenig lag. Wir trinken hastig, dann besteigen wir den Autobus, der uns zur Stadt bringen soll.

Seit je war hier das Tor zur Barbarei geöffnet: Vom Osten her brachen einst Hunnen, Awaren, Magyaren über Wien herein. Asien, sagte Metternich, begänne östlich von seinem Haus. Auf dieser Ausfallstraße, vorbei am Palais Metternich, werden wir jetzt ins Zentrum gefahren. Das britische Flugfeld bildet eine Enklave in der Sowjetzone von Österreich. An seiner Ausfahrt stehen die ersten russischen Wachen in hohen Schafsfellmützen. Ihre und ihrer Kameraden Anwesenheit in diesem Vorort Schwechat raubt ihm den letzten Rest europäischer Zugehörigkeit.

Ein unebener Fahrweg mit gelber lehmiger Erde, wo die Sonne den Schnee geschmolzen hat, führt an einstöckigen Häusern vorbei, die vom Krieg beschädigt sind oder längst verfallen. Eine Holzbrücke spannt sich über den Fluß, der hier ein schmales Gerinnsel bildet, darüber rattert ein kleiner Karren mit Sowjetsoldaten, gezogen von zwei struppigen Ponys – eine Art Bauernfuhrwerk, das in den nördlichen und östlichen Provinzen der Monarchie ›Panjewagerl‹ hieß, der Wagen des Panje oder Herrn. Unter diesem Namen, der mir plötzlich aus vielen Schichten des Vergessens ins Bewußtsein kommt, wird man es wohl in Wien noch kennen.

Vor dem Weichbild der Stadt und nach der alten Brauerei, die seit mehr als einem Jahrhundert das berühmte Schwechater Bier erzeugt, steht eine hölzerne Triumphpforte. Sie ist grellbunt behangen mit Drucken von Lenin und Stalin; in ihrer billigen Einfalt erinnern sie an jene Heiligenbildchen, mit denen uns unsere Katecheten, zumeist jüngere Bauernsöhne, in der Volksschule für ein brav aufgesagtes Gebet belohnten.

Vorbei an dem ersten der vier Friedhöfe, auf denen Wien zu Allerseelen seine makabren Feste feiert. Hier liegen die Eltern meines Vaters. Ich aber denke an den siebzehnjährigen Knaben, den wir 1930 begruben, als er sich in einer jener unerklärlichen Launen junger Mitteleuropäer erschoß. Ich sehe seine Beerdigung: die Eltern zernichtet vor Schmerz, seine Schwester, ein wunderschönes Mädchen, das ihm, wie Laertes der Ophelia, ins Grab nachstürzen will, und rundum ein Kreis frühreifer und verwirrter Freunde, aschgrau vor Entsetzen über ihren eigenen Seelenzustand, der hier zum Äußersten getrieben war. Aus einem Land kommend, wo Cricket den Cafard besiegt, schaudere ich bei dem Gedanken an das überhitzte, hysterische Klima, in dem wir großgeworden sind. Selbst um den Preis jener Empfindungskraft, die uns damals erfüllte, erhoffe ich mir für meine Kinder ein ruhigeres Erwachsenwerden in Englands reinerer Luft.

Die verblichene rote ›Elektrische‹, die wir überholen, trägt die Nummer 71. Sie führt an der Kirche zu Mariae Geburt vorbei, in der ich in der Jugend – zum letzten Mal vor der Reifeprüfung – mit schwindender Überzeugung beichtete und kommunizierte. Sie hat mich jahrelang zur Schule gebracht, später auf die Universität und in die literarischen Cafés. Das ›Fasanviertel‹, in dessen Nähe ich damals wohnte, scheint fast völlig zerstört, freilich weniger durch Bomben, wie mir erklärt wird, als durch Artilleriebeschuß. Die große Kaserne aus der Kaiserzeit, in der einst die Feldhaubitzen-Batterie meines Vaters lag, dann die Wehrmacht hauste und jene schweren Angriffe auf sich zog, beherbergt jetzt die 14. Coy. RASC der Briten – wir sind, ohne es zu bemerken, in ihre Zone gelangt. Die fensterlosen Wohnhäuser der Gegend, die Läden, das kleine Hotel Nagler von üblem Ruf und die elektrische Uhr an der Kreuzung sind nur noch ausgeblasene Hüllen. Ein Blick in die Seitengasse, in der ich fünfzehn Jahre lang zu Hause war, erweckt in mir kein Heimatgefühl.

Das Bewußtsein, hier nicht mehr herzugehören, ist aus Schmerz und Befriedigung gemischt. Die Bomben, die diesen Häusern die Augen ausbliesen, haben nichts mit mir zu tun. Meine Bomben färbten an jenem achten September den Himmel über der City rot, als ich auf das Dach im Vorort stieg, um den feurigen Schein zu betrachten. Meine Bomben löschten eine liebliche Kirche Sir Christopher Wrens nach der anderen aus, verbrannten das Mobiliar meiner großelterlichen Wohnung im Lagerhaus an der Themse, bevor der erste Kriegswinter vorüber war, fielen um die ›London Clinic‹ in der Nacht, in der mein Sohn geboren wurde, und waren vier Jahre lang die rauhe Begleitmusik meines Lebens. Meine eigene Bombe hatte im Februar 1944 gegenüber meinem Hause eingeschlagen, hatte zwölf Leute getötet und zwanzig verletzt, deren helle scharfe Schmerzensschreie mir noch in den Ohren klingen, und meine Wohnung in eine Mondlandschaft aus zersplittertem Holz und zerschmettertem Glas verwandelt. »Ubi bombe«, sagte Robert Neumann damals, »ibi patria.«

Aber der Autobus reißt uns weiter, vorbei an einem Anblick, der mir lange lieb gewesen war. Die Salesianerkirche, in den Himmel gezeichnet mit der vollkommensten Barockkontur, hat das Verhängnis ohne Schaden überstanden. Ihre unendliche Anmut greift mir ans Herz. Umhergeschüttelt wie auf einem stürmischen Meer, abwechselnd abgestoßen und angezogen, verbringe ich den Rest der Fahrt. Wir erreichen das Hotel Astoria im Stadtzentrum durch Straßen voller Schutt. Benommen sage ich Margaret und der Sergeantin adieu, verspreche die eine wiederzusehen und lasse die andere für immer in die irreale Welt des britischen Armeelebens in Wien versinken. Mein Gepäck wird sogleich zum Gegenstand aufgeregter Unterhaltung in meiner Muttersprache, mit vielen Wendungen, die mir inzwischen entfallen sind. Als Empfangschef, Portier und Träger sich um mich scharen, entfliehe ich ihrer allzu lauten Wirklichkeit in den Lift. Mein Zimmer liegt im zweiten Stock. Die Tür schließt sich. Ich bin allein.

Das Doppelfenster ist nicht nur durch Portieren und Spitzenvorhänge gegen Kälte und Zugluft abgeschirmt, sondern auch durch Fensterpolster aus weißem Drillich und rotplüschene Lambrequins. Ich blicke zur Führichgasse hinab, auf die kleinen Läden, in denen früher so viel elegantes, ja frivoles Zeug zu haben war. Jetzt sind die Schaufenster leer. Aber nein, dort unten liegt hinter spiegelndem Glas ein Sammelsurium, das mich schon in meiner Kindheit berückte: falsche Schnauzbärte, Polizeihelme, Masken wilder Tiere und lachender Clowns, Kästen voll Taschenspielertricks, gezinkte Spielkarten, Würfel, auf denen die Sechs dreimal wiederkehrt, dazu Spinnen, die man in Wassergläsern finden, Wachsäpfel, in die man unschuldig beißen kann, und Blumenbuketts, an denen man nur zu riechen braucht, um Kreidestaub in die Nase zu bekommen. Sie allein, Reste einer nicht mehr zeitgemäßen Scherzlust, werden in dieser Gasse verkauft. Der Name des Ladens aber hat schon meine Kinderträume reizvoll durchläutet – ein Mozartischer Name: Die Zauberklingl.

Ich blicke mich im Zimmer um und gewahre mein Gesicht in der Spiegelkonsole. Bleich unter der Khakimütze – obwohl meine Wangen noch ein wenig fiebrig gerötet sind – und mit den allzu sichtbaren Spuren eines langen, ermattenden Krieges, paßt es wenig zu diesem Zimmer, das einem anderen Zeitalter anzugehören scheint. Hinter mir im Spiegel sehe ich den burgunderroten Bettüberwurf, die Mahagonikommode und die weiße Marmorplatte des Nachttischs. Sie alle gehören zu einem Alptraum, der mich immer wieder im Krieg bedrängte, in dem ich meinte, nach Wien versetzt zu sein

– eine Feindin in meinem Vaterland, mit englischem Geld in der Tasche, mit englischen Worten auf der Zunge, indes meine Muttersprache mir in der Kehle gefror. Die geisterhaften Straßen, durch die ich ging, keiner hier vergleichbar und doch wohlvertraut, die Interieurs – altertümlich und furchteinflößend mit ihren Riesenschränken und Tischen, deren geschnitzte Adlerköpfe und Löwentatzen mich erschreckten, obschon sie dem großväterlichen Hausrat entnommen schienen –, sie alle bedrohten mich mit Entdeckung, Verhaftung, Standgericht, Tod.

Noch jetzt, in diesem Augenblick, spüre ich den schalen Nachgeschmack der Angst, die mich im Traum erfüllte. Ein rettungsuchender Blick aus dem Fenster. Eben biegt ein Jeep ratternd um die Ecke der Kärtnerstraße. Der Krieg ist vorbei. Und ich bin in Wahrheit zurückgekehrt.

Später

Eine Stunde nach meiner Ankunft sitze ich in einem Audienzsaal des Bundeskanzleramtes. Im Britischen Pressequartier, wo ich vorhin anrief, hat man mich willkommen geheißen und mir mitgeteilt, in zwanzig Minuten gebe der Außenminister eine Pressekonferenz. Bald darauf sind John Peet von Reuter und Paul Bretherton von der ›Daily Mail‹ erschienen, um mich abzuholen. »Kennen Sie die Stadt?« fragte Paul, während ich auf die Straße hinausstarrte. Ich erwiderte sofort, ich sei hier geboren. John: »Das sind wir bei Korrespondenten gewöhnt.«

An salutierenden Wachen vorbei sind wir in den Hof des Gebäudes am Ballhausplatz gefahren. Ich habe es nie zuvor betreten, aber in meinen Gedanken ist es mit dem Dollfuß-Mord verknüpft, der sich, wie in einem elisabethanischen Drama, in allen Räumen dieses Hauses vollzogen hat, in Vorzimmern und Beratungssälen, auf der Treppe und in Korridoren. Von einem Hoffenster aus proklamierte der Minister Rintelen das neue Regime – ein wenig voreilig, denn es sollte noch vier Jahre auf sich warten lassen. So wenig Liebe ich auch für Dollfuß empfand, sein unwürdiger Tod ist mir immer rührend und beklagenswert erschienen. Auf seiner Bahre sah er aus wie ein hilfloser, irregeleiteter Ministrant.

Der Mann, der jetzt den Saal betritt, gehört wie Dollfuß den Konservativen an. Gleich Schuschnigg macht er einen aufrichtigen und integren Eindruck, obgleich ihm Weitblick und Entschlußkraft nicht im Gesicht geschrieben stehen. Während er mit einem entwaffnenden, einem sehr österreichischen Lächeln für die Rückgabe von Südtirol plädiert – der Inhalt seiner Presseerklärung –, betrachte ich ihn genau und versuche, dem Tonfall seiner Stimme nachzuspüren. Mir scheint, daß ich die besondere Eigenart dieses Mannes noch immer in den Fingerspitzen fühle; zu meinem Erstaunen erkenne ich sie an den kleinsten Einzelheiten seiner Haltung, seiner Redeweise, seines Dialektanflugs. In England habe ich Jahre gebraucht, bis ich jemanden an Hand seiner Gesten und Worte einzuordnen vermochte, und mich nicht eher dort heimisch gefühlt, bis mir das möglich war. Hier ist mir dieses Gespür in all der Zeit nicht abhanden gekommen. Aus seiner weichen Aussprache harter

Konsonanten, aus einer gewissen Derbheit seiner Vokale – nicht nur durch seine Tiroler Herkunft bedingt – schließe ich, daß der Außenminister gleich seinen Vorgängern um Popularität bei den Bauern und kleinen Geschäftsleuten wirbt. Er wird keinen Versuch machen, sich auf eine Ebene zu begeben, die den Verstand und die Aufnahmefähigkeit seiner Wähler übersteigt. Er wird mit den Wiener Intellektuellen nichts zu tun haben wollen, auch nicht einen eigenen einsamen Kampf ausfechten zwischen den gegensätzlichen Kräften der österreichischen Politik. Unverblümt, gewinnend, von einer gewissen Bauernschläue, wird er versuchen, mit den Klugen und den Starken einen Handel einzugehen, und erfolgreich sein, solange er nicht vom Weg abweicht und sich seine Ehrlichkeit bewahrt. Ohne seinen Willen aber mag er dazu mißbraucht werden, jemandes Süppchen zu kochen, wird er eines Tages vielleicht zum Werkzeug einer zwingenderen Persönlichkeit. Die Gefahr liegt in seinem offenkundigen Mangel an Scharfsinn, in seiner Verachtung für die gewundenen Gedankengänge einer höheren Intelligenz.

Ich erinnere mich, wie man in Österreich, um sich nicht unbeliebt zu machen, den Anschein der Oberflächlichkeit erwecken mußte, wie man um alles in der Welt vermied, nach außen hin allzu subtil zu sein. Ich kenne es genau, dieses Spiel, ich habe es selbst in meiner Jugend gespielt, und nirgends so heuchlerisch wie an der Wiener Universität. Analytisches Talent, die Gabe zu durchdringender Einsicht wurden durch argloses Aussehen abgeschirmt, durch mattes Gewitzel und häufiges, obschon nicht immer begründetes Gelächter. Sobald jemandes Gesicht einen unverhüllten Ausdruck der Ernsthaftigkeit oder gar des angestrengten Nachdenkens annahm, geriet er in Gefahr, als Roter oder gar als Jude abgelehnt zu werden. Wie man sich damals nach einer Welt sehnte, in der Verstand keinen Anlaß zur Verlegenheit gab und nicht notwendig eine Trennungswand zur übrigen Bevölkerung aufrichten mußte. So las ich damals erst französische, dann englische Schriftsteller meiner Zeit in der Erkenntnis, daß bei ihnen meine geistige Heimat lag, daß ich mich zu einer Anzahl wildfremder Menschen durch gemeinsame Anschauung ebenso heftig hingezogen fühlte, wie mich emotionelle Zugehörigkeit mit meinen Landsleuten verband.

Und doch hat hier in dieser Stadt, in den Jahren zwischen 1918 und 1934, die sozialistische Verwaltung viele einfache Menschen über die Notwendigkeit konstruktiven und folgerichtigen Denkens belehrt. Bevor ich mit den Grundbegriffen der Volkswirtschaft vertraut war, hatte mich der Marxismus bereits für sich eingenommen, um jener Ehrfurcht willen, die jeder seiner Anhänger vor der Macht der schieren Vernunft empfand. Später schien mir der philosophische Materialismus durch die Praxis der Neopositivisten widerlegt, und mein unbegrenztes Vertrauen auf den Sieg des logischen Arguments wurde nach besserer Kenntnis der menschlichen Natur erschüttert. Aber ich glaubte immer noch an das Verdienst der Sozialisten in der Kommunalpolitik. Ich vergaß niemals, wie es ihnen in Wien gelungen war, das dumpfe Chaos in ungeschulten Gemütern zu entwirren, wie sie in ihnen einen Hang zur Selbstlosigkeit und zu vermehrtem Wissen wachgerufen hatten, wie mit ihrer

Hilfe das Los der Arbeiter erleichtert worden war. Nach dem kurzen Bürgerkrieg im Februar 1934, der ihrem Einfluß in Österreich ein Ende setzte, war es, als habe eine schimmlige Fäule sich auf das Land niedergesenkt. Die Mittelmäßigkeit war an die Herrschaft gekommen, der Provinzialismus hatte die Hauptstadt überschwemmt, und die Partei des gegenwärtigen Außenministers – oder ihre Vorgängerin – hatte die einzigen Kräfte ausgerottet, von denen ein geschlossener Widerstand gegen Hitler zu erwarten gewesen war.

An den persönlichen Tugenden des Mannes, der jetzt sein leidenschaftliches Bekenntnis zu Südtirol vor uns ablegt, will ich nicht zweifeln. Was ich in den Dreißigerjahren in Österreich erlebte, hilft mir gleichwohl, seinem großen Charme zu widerstehen.

4. Februar

Seit dem Tag meiner Ankunft wohne ich im Pressequartier.

Es war mir nicht bestimmt, auch nur einen Tag in jenem nostalgischen Zimmer mit dem burgunderroten Plüsch zu verbringen. Nach der Pressekonferenz im Bundeskanzleramt fuhren John und Paul mit mir am Hotel Astoria vorbei, holten mein Gepäck und meldeten mich ab. Als Korrespondentin des ›New Statesman‹ habe ich nicht nur das Recht, sondern die Pflicht, unter allen anderen britischen Berichterstattern im Salmschlößl zu hausen.

Das kleinere der beiden einstigen Stadthäuser der

Grafen Salm liegt in einer schmalen Gasse unweit der breiten, häßlichen Landstrasser Hauptstraße. Ich habe sie nie gemocht, diese Gegend Wiens, mit den langweiligen Kaufläden, den billigen Beiseln, dem Biergeruch und den schäbigen Marktständen, an denen man Znaimer Gurken und Gewürze, Obst, Bänder und blecherne Rosenkränze verkauft. Oft durchquerte ich sie an Sonntagvormittagen, wenn ich mit meinem Hund zu einem Spaziergang in den Prater ging. Auch zu einer Zeit, in der ich bereits die Ästhetik des Verfalls entdeckte, suchte ich in diesem Viertel vergeblich nach den Reizen von Belleville und Ménilmontant. All das ist vorbei. Die Hauptstraße des Bezirks ist womöglich noch unattraktiver geworden. Überdies hat sie sehr unter Bombenangriffen gelitten und sieht, wie eine unschöne Frau in Verzweiflung, noch abstoßender aus.

Nur die Rochuskirche mit ihren drei Heiligen, deren Umrisse sanft geschwungen über allen Häuserfassaden thronen, verleiht dem Stadtteil noch etwas von der Anmut, die er in früheren Zeiten besaß. Damals standen nicht nur das Palais Razumovsky, sondern auch die beiden Salmschlösser inmitten grüner Wiesen, ihre Gärten reichten hinab zum Fluß und zu den Donauauen mit wilden Vögeln und seltenem Getier. Zu Beginn des neunzehnten Jahrhunderts, so habe ich inzwischen erfahren, hat die Familie Salm ihren Besitz an einen Aristokraten verkauft, der besser als sie imstande war, ihn zu erhalten. Der Erste Weltkrieg brachte auch ihn um seine Mittel. Selbst verarmt, überließ er das Salmschlößl einem jüdischen Großindustriellen, doch mit diesem letzten Eigentümer schwand der Feudalismus des kleinen Palais. Die Nationalsozialisten vertrieben ihn im Jahr 1938, dann wurde das Haus in Wohnungen aufgeteilt, die Mitläufern des neuen Regimes zufielen, darunter der Geliebten eines Ministers. Sie erhielt die beste Etage des Schlößls, aber als sie die Gunst ihres Freundes verlor, zog ein früherer Botschafter mit seiner Sammlung alter Meister und seinem Biedermeiermobiliar in ihre Räume ein.

Den größten Teil des Krieges hat dieser alte Baron, von dem ich die Geschichte des Hauses gehört habe, inmitten der politischen Parvenus verbracht. Während der Belagerung von 1944 flüchtete er in die Sicherheit seines Landguts und entging so dem blutigsten Vorgang im kleinen Schloß. Die Nazimieter waren vor der heranrückenden Roten Armee geflohen. Zurückgeblieben waren nur ein paar ausgebombte Nachbarn, die im Luftschutzkeller des Souterrains Unterschlupf gefunden hatten. Am Tag vor der Einnahme der Stadt riß der Hausmeister plötzlich die Tür zum Keller auf und schrie: »Der Krieg ist aus, die Russen sind da!« Sechs Leute krochen erleichtert aus dem Souterrain hervor und wurden, einer nach dem anderen, von dem geistesverwirrten Hausmeister erschossen. Die siebente Insassin, eine junge Frau, kam mit einer Schulterwunde davon, rannte von Zimmer zu Zimmer und hinterließ eine Blutspur auf allen Parketten. In der Aufregung des russischen Einmarsches blieb der Hausmeister unentdeckt. Er vergrub die sechs Opfer im Vordergarten, exhumierte sie dann wieder und verscharrte sie im Garten hinter dem Haus. Der Baron kam vom Land zurück und bezog von neuem seine Räume, der Hausmeister bediente ihn, als wäre nichts geschehen, bis eines Tages die Polizei kam und den Mann des Mordes an sechs Unschuldigen überführte.

Ein paar Monate später wurde das Palais von den britischen Public Relations requiriert. Der Baron durfte bleiben, wenn auch nicht in seiner Wohnung: man wies ihm im Parterre ein kleines Zimmer an. Dafür erhielt er die Erlaubnis, im Speisesaal mitzuessen, der zur Offiziersmesse geworden war, und sitzt jetzt bei jeder Mahlzeit in bescheidener Zurückhaltung abseits von den anderen, ein gebückter Mann mit dem hilflosen Lächeln und den bläulich-knorrigen Händen des hohen Alters. Er sieht verwirrt aus und wie vom Schicksal geschlagen. Seit dem Tod seiner Frau, einer berühmten Sängerin, findet er sich in der Welt nicht mehr zurecht.

Hier also, in diesem vergangenheitsträchtigen Haus, unter Hirschgeweihen und ausgestopften Auerhähnen, in Zimmern, ganz mit Spiegelkästen ausgelegt oder verhangen mit altrosa Seidentapisserien, wohnen jetzt die Kriegskorrespondenten und Presseoffiziere der ›Middle East Force‹. Der kommandierende Oberst der Truppe, der sich in der Suite des Barons behaglich eingerichtet hat, nimmt die feudale Tradition wieder auf, indem er im Salmschlößl große Empfänge für militärische und alliierte Gäste gibt. Ein Stab von Dienerschaft, der geradenwegs aus dem Singspiel ›Im weißen Rößl‹ herausgetreten sein könnte, versorgt das Haus, die Küche und die Garagen. Überall tummeln sich große Schäferhunde. Im Sommer, so sagt man mir, spielt die Wasserfontäne im Garten. Liegestühle stehen herum, und von einem Tisch unter freiem Himmel schenkt Lydie, das Barmädchen,

Gin und Juice aus Naafi-Vorräten aus. Im Souterrain, wo der letzte Graf Salm seine Kegelpartien abgehalten und die Opfer des Hausmeisters sich vor den Luftangriffen zurückgezogen hatten, ist eine andere ständige Bar installiert. Gleich so vielen ähnlichen Einrichtungen entlang der Route von Algier bis Wien trägt sie den einfallslosen Namen ›Honky Tonk‹.

Die meisten Offiziere im Pressequartier sind gemeinsam aus Nordafrika heraufgekommen und kennen einander seit der Libyschen Kampagne. Italien erreichten sie 1943, gebräunt von der Wüstensonne, in weißgebleichten Hosen aus Manchestersamt, mit roten und gelben Fazzoletti, die aus ihren Buschhemden lugten. Sie tragen den Ruhm der 21. Armeegruppe mit sich – eine Mischung von Kühnheit und Extravaganz, die bereits legendär geworden ist. Sie freuen sich an ihrer Legende. Mit dem Geheimnis des Wagemuts haben sie auch das Geheimnis entdeckt, wie man dem Leben Vergnügen abgewinnen kann. In Italien fochten sie bittere Kämpfe aus, aber sie hatten Zeit, sich mit der Kunstform der Oper zu befreunden. In ruhigeren Monaten genossen sie die glänzenden Gesellschaften, die römische Marchesas für sie gaben, und den Wein, der in der Toskana wächst. Mit den Partisanen hatten sie im letzten Kriegswinter die Gefahr geteilt, aber auch den Skilauf in den Apenninen. Den Sommer verbrachten sie badend und segelnd an den Kärntner Seen. Jetzt sind sie in Wien und warten auf ihre Entlassung. Es ist der letzte Schritt auf einem langen Weg; ihr Übermut ist manchmal mit einem Hauch von Melancholie gemischt. Sie haben sich ihre gewaltige Lust an einem Leben bewahrt, das sie oft aufs Spiel gesetzt haben, und niemand mißgönnt ihnen eine fast ausschließliche Hinwendung zum Amüsement. Als Trupp haben sie sich ihren Corpsgeist bewahrt, ein gewisses Auftrumpfen, gemildert durch Selbstironie. Trotzdem scheint mir, daß all die jungen Leute, die sich so brav geschlagen haben, zuweilen von Angst vor ihrer Zukunft im bürgerlichen Leben ergriffen sind.

In dieser Atmosphäre vollzieht sich meine Rückkehr – jede Sentimentalität, der ich mich etwa hingeben könnte, wird im Keim erstickt. Sobald ich das Sofa und die Lehnstühle in meinem Zimmer erblickte, hier aus dunkelgrünem Rips, die Biedermeiertapete – kleine Sträußchen aus weißen, rosa und blauen Heckenrosen auf einem Hintergrund von weißgetupftem Beige –, und mein Auge auf ein Bett fiel, auf dem kein Leinen, nur ein Haufen khakifarbener Armeedecken lag, begriff ich die tröstliche Inkongruenz dieses Aufenthaltes. Vergangenheit und Gegenwart fließen sichtbar ineinander. England, in dem ich jetzt zu Hause bin, hat mich nicht aus seinem Bann entlassen. Im britischen Pressequartier des dritten Wiener Gemeindebezirks bin ich auf doppelte Weise daheim.

Abends

Ein alter Freund ist aufgetaucht: Peter S., ein früherer und zugleich jetziger Landsmann von mir, der als Korrespondent der ›Times‹ im ehemaligen Haus seines Schwiegervaters wohnt. Er besteht darauf, mit mir ins

Hochhaus zu fahren, den einzigen Wolkenkratzer Wiens, dessen Restaurant im obersten Stock einen ausgezeichneten Rundblick hat. Wir setzen uns, bestellen ein seltsames Gebräu aus heißem Wasser mit ›Geschmack‹, das sich Heißtrunk nennt, und betrachten die Menge, die sich schleifend im gedämpften Licht über das Tanzparkett bewegt.

An diesem Ort, erklärt mir Peter, treffen sich die Neureichen, die Schieber und Schwarzmarkthändler mit ihren Mädchen. Ich fühle mich abgestoßen von den blassen, verlebten Gesichtern der jungen Leute und dem unschön überladenen Aufzug ihrer Damen. Nur in Frankreich habe ich solche verderbten Kinder gesehen, aber hier erscheinen sie mir nicht einmal aufgeweckt und gewitzt wie ihre Gegenstücke in den Lokalen der Rue de Lappe. Sie schieben einander hin und her in der violetten Düsternis, frühreif und zugleich unsäglich öde. Der Titel eines Buches fällt mir ein, das der deutsche Emigrant Heinz Liepman in Paris veröffentlicht hat – ›Nuits d'un vieil enfant‹. Kein erfreulicher Anblick, der überdies ein Gefühl des *déjà vu* in mir weckt, wie ich es wohl noch häufig erleben werde. Denn hier in dieser Stadt rollt noch einmal die erste Nachkriegsperiode ab, die ich selbst nur mit den ahnungslosen Augen eines Kindes gesehen habe. 1920 war ich acht oder neun Jahre alt, aber manches sickerte durch die dünne Wand einer mitteleuropäischen Kinderstube, wo der Klatsch des Salons ohne Mühe zu hören war. Meine Eltern standen damals in meinem jetzigen Alter, und ihr Leben war von der Hektik jener Zeit erfüllt: Hunger und Überfluß, fieberhaftes Nachtleben, revolutionäre Verbände, der rasche Aufstieg jugendlicher Spekulanten und der Untergang bürgerlicher Familien, darunter die meine; in der Kunst neue Richtungen wie der Expressionismus, in dem das apokalyptische Erlebnis des Krieges erneuten Niederschlag fand.

Die Stadt tief unten sieht im Mondlicht friedlich aus. Im Turm von St. Stephan zittert wie eh und je das Licht des Wächters. Peter und ich gehen schweigend zum Wagen zurück. In der Salmgasse erfreue ich mich dann an meiner Blumentapete und den Rhomboiden des Parketts. Ewige Werte, oder was dafür gilt, sind vermutlich nur im ästhetischen Bereich zu finden. Guter Geschmack: *aere perennius*, oder zumindest von jener Dauer, die ein paar Generationen zu überstehen vermag.

5. Februar

Nun muß ich alles von neuem lernen. Ich lerne wieder den kalten muffigen Steingeruch der Wiener Häuser, die porösen abgetretenen Treppen aus Granit, die dürftigen Stiegenhäuser mit den Kritzeleien auf dem abblätternden Anstrich. Ich lerne den starren Blick der Hausmeister, die Neugier der alten Frauen im Kopftuch und jenes mißtrauische, unfreundliche Lächeln, das vor den Nazis dagewesen ist und immer da sein wird. Es gibt auch Neues: die Tirolerhüte, die jeder, auch der vornehmste Einwohner dieser einst so eleganten Stadt, jetzt trägt; die Pelze der kleinen Geschäftsfrauen, die früher nur Stoffmäntel besaßen; die Stiefel überall, wie man sie in England nicht kennt, von ledernen Schaftstiefeln bis zu häßlichen hohen Filzmodellen. Zu meiner Zeit zog man im Regen Galoschen an, aber nun regiert der Stiefel und verwandelt jede Frau in eine Lagerkommandantin oder in ein Straßenmädchen der Berliner Zwanzigerjahre.

Auf dem Weg zu meinem früheren Haus komme ich zu dem großen Bunker, den man im Arenbergpark errichtet hat. Der ganze Park ist verschwunden, mit seinen Kieswegen, seinen immergrünen Hecken, der Statue des knabenhaften Diskuswerfers und dem Planschbecken, vom sozialistischen Magistrat den Kleinsten zugedacht. Wo wir ›Diabolo‹ spielten oder ›Knödel in der Suppe‹, steht jetzt dieser scheußliche Bau, zu dem die Greißler und Briefträger meiner Jugend gepilgert sein müssen, sobald der Kuckuck des Fliegeralarms seine Warnung rief. Das Schwimmbad, in dem ich einmal eine Klubmeisterschaft errang, scheint jetzt den britischen Soldaten vorbehalten. Und hier ist endlich die Straße, in die wir nach dem Ende des ersten Krieges zogen, als man uns aus dem Paradies einer Gartenwohnung in Heiligenstadt vertrieb. Die neue Unterkunft lag im vierten Stock, von ihrem Balkon sah man bis auf die Hügel des Wienerwaldes. Trotzdem war sie reizlos. Ich verbrachte meine Jugend in einem Haus ohne Schönheit, obschon von einer gewissen abgründigen Faszination.

Jeder Wohnraum in diesem brüchigen Gebäude, das ein Spekulant in meinem Geburtsjahr hatte errichten lassen, war von dampfender Menschlichkeit erfüllt. Im Souterrain hausten die ärmsten Insassen, Leute von so malerischer Verkommenheit, daß sie sich nur mit den Bewohnern viktorianischer Elendsviertel vergleichen ließen. Da war die tschechische Familie Wojtech, rothaarige Eltern mit einer Brut säbelbeiniger, rothaariger Kinder, die mit dem ersten Sonnenstrahl des Frühlings die Kellerstiege heraufkroch, um sich vor dem Haus im Freien niederzulassen. Ihre Tante Julie, gleichfalls säbelbeinig und karottenrot, galt als Straßenmädchen. Sie teilte ein Zimmer mit ihrem Liebhaber, einem ehemaligen russischen Gefangenen von wilder Zigeuneranmut, der verabsäumt hatte, nach dem Krieg in seine Heimat zurückzukehren. Neben dem Kohlenkeller wohnte eine Wäscherin; ihr Mann hatte sie zuerst geprügelt und dann mit ihrem kleinen Sohn im Stich gelassen, aber sie war fröhlich und trällerte vor sich hin, wenn sie montags die vier Treppen herauf zu unserer Wohnung stieg. Zur Straße hinaus blicken die Kellerfenster eines alterslosen galizischen Juden, der Nägel und Haken, Schlösser und Scharniere aus altem Eisen schmiedete und rastlos mit der Erfindung neuer Gasanzünder und Taschenlampen beschäftigt war. Außer diesen ständigen Mietern gab es im Souterrain immer eine Reihe zeitweiliger Bewohner, die furchtsam die Kellertreppe hinabflohen, sowie der Hausmeister im Anzug war.

Im Parterre hingegen hauste ein Edelmann. Täglich in ein grünes, abgeschabtes Jägergewand und einen kokett aufgesetzten Hut mit Hahnenfeder gekleidet, den langen rötlichen Bart von Jahr zu Jahr mehr mit weißen Strähnen durchsetzt, wanderte der alte Graf Berlichingen mit Stolz und Abscheu durch die Niederungen seines Lebens. Vielleicht der letzte Nachkomme jener Familie, die in einem anderen Sinn unsterblich geworden war, lebte er unter der Obhut einer ältlichen, unverheiratet gebliebenen Tochter. Niemand blickte je in ihre Wohnung, deren Tür immer rasch und still geschlossen wurde. Aber man mochte darin Jagdtrophäen von gigantischem Ausmaß an den unedlen Wänden vermuten, Reihen von Familienphotographien in oxydierten Silberrahmen auf einem niemals geöffneten Klavier. Irgendwo im Vorzimmer mußte eine alte Decke liegen, auf der sein roter Setter schlief. Mit diesem Hund spazierenzugehen schien des Grafen einziges Vergnügen.

Die nächsten drei Stockwerke wurden von Bürgern verschiedenen Ursprungs, aber ungefähr gleichen Einkommens bewohnt. Manche waren einstige Armeeoffiziere oder Staatsbeamte, die überzählig geworden waren, als die Republik an die Stelle des alten Habsburgerreiches trat. Die ältere Generation war zumeist konservativ, aber unter ihrem Nachwuchs brodelte bereits das giftige Hitlersüppchen. In ihrer Mitte lebte eine jüdische Familie, eine Mutter mit drei Töchtern, die schöne polnische Namen trugen und musikalisch waren; ihr Klavierspiel drang zu allen Tageszeiten auf die Korridore hinaus. Frau Friedl im zweiten Stock, eine Majorsfrau, hatte sich ebenfalls dem nazistischen Glauben verschrieben. In den frühen Zwanzigerjahren importierte sie einen hübschen Hitlerjungen aus Deutschland und beherbergte ihn für ein Jahr. Eine häßliche, dunkelhaarige Frau von offenkundig slawischer Herkunft, trieb sie ihren Mann und ihre Kinder zur Verzweiflung durch ihre Passion für diesen blonden und blauäugigen Knaben, bis die Polizei ihn eines Tages wegen Wühlarbeit gegen den österreichischen Staat verhaftete und des Landes verwies. Frau Friedl fand Trost, wenn nicht bei ihren Angehörigen, so doch bei den Mietern in der uns gegenüberliegenden Wohnung, einer Schwester und zwei Brüdern, darunter ein Buckliger, die ihre Überzeugung teilten. Nachts konnte man die Majorsgattin, fast geistesgestört in ihrem Fanatismus, mit einer brennenden Kerze in der Hand zu ihren Freunden schleichen sehen, um mit ihnen über Politik zu reden, lange nachdem ihre Familie zu Bett gegangen war.

Der bucklige Nazi auf unserem Stock leitete zu den Insassen der Dachböden über, denn dort, über unseren Häuptern, hauste eine groteske und wunderliche Schar. Unter dem schiefen Dach lagen nicht nur die Waschküche und eine Reihe Abstellräume, sondern auch mehrere Ateliers, in denen Maler von zweifelhaftem Talent oder noch fragwürdigere Existenzen lebten. Unter ihnen war Herr Marian, ein Zwerg, der damit befaßt war, die Porträts hingeschiedener Eltern und Gatten für ihre trauernden Hinterbliebenen festzuhalten. In einer Ecke seiner Staffelei stak eine kleine Photographie, häufig vergilbt und vom Alter angenagt, deren Züge er, zumeist mit gehörigem Phantasieaufwand, vielfach vergrößert in Pastell oder Öl auf eine Leinwand zu werfen pflegte. Mit großer Bewunderung sah ich dort Ehepaare in ihrer Blütezeit verewigt – der Vater mit majestätisch gewichstem Schnurrbart, an der Brust die Orden aus dem Feldzug von 1866, die Mutter mit langen Biedermeier-Ohrringen und dazu passender Brosche auf dem hochgewölbten Oberleib. Sein großes, schwartiges, freundliches Gesicht mit den Pockennarben schiefgeneigt, betrachtete der Zwerg sein Werk mit sichtlicher Befriedigung, indes sein schmutziger Daumen die letzte der unablässig gerauchten Zigaretten im Aschenbecher ausdrückte. Dann wand er sich in einem Hustenanfall. Die Tuberkulose fraß an seinen Lungen. Noch bevor ich Wien verlassen hatte, starb er unbeweint, von niemandes Pinsel für die Nachwelt bewahrt.

Weniger liebenswert und um nichts talentierter war ein anderer Maler, Herr Swoboda, dessen unteutonischer Name ihn nicht daran hinderte, unserer Nazikamarilla beizutreten. Er predigte seine Dogmen der Nachbarin, einer von ihrem Mann geschiedenen Photographin von leicht erregbarer Laune, deren ganze Liebe ihrer Hündin galt. Unser Schäferhund von makellosem Stammbaum hatte mit diesem Tier schon mehrere schöne Würfe hervorgebracht, bis eine Tragödie passierte. Der letzte Wurf war ein paar Tage alt, als die Hündin plötzlich wild wurde, zwei ihrer Kleinen totbiß und die übrigen schwer verletzte. Die Photographin kam zurück und entdeckte den entsetzlichen Vorfall. Ohne um Hilfe zu rufen, machte sie Ordnung, legte das Tier an die Kette, verband die verwundeten Hündchen und begrub die toten im Garten. Am nächsten Morgen führte sie ihre geliebte Schäferhündin weg und ließ sie töten, worauf sie in tiefe Schwermut verfiel. Immer etwas seltsam, schien sie jetzt geistesgestört und war von Zeit zu Zeit in ihrem Atelier zu hören, wie sie mit dem Hund sprach und nach ihm pfiff, lange nachdem er umgekommen war.

Unter dem Dach lag auch das Laboratorium meines Vaters, in dem er jahrelang interessanten, aber selten zu Ende geführten Experimenten nachging. Er steht vor mir, im weißen Mantel auf dem nackten Steinboden, wie er mit seligem Gesicht eine Retorte von blauem Inhalt schüttelt und sie dann in einen komplizierten Apparat einfügt, um elektrische Ströme hindurchzujagen, die ein kleiner Dynamo erzeugt. Der Steinboden begann zu zittern, die Luft füllte sich mit einem starken Geruch von Ozon, blaue Funken durchzuckten die Retorte. Nach einer Weile stellte mein Vater den Dynamo ab, setzte sich an den Tisch und trug mit seiner kleinen, methodischen Handschrift die Ergebnisse ein. Mahlzeiten wurden vergessen, Besucher zornig weggewinkt, und eine kleine Tochter, die hinaufgeschickt worden war, um ihn ans Telefon zu rufen, dazu bewogen, sich hinzusetzen und die unerklärte, aber offenbar günstige Reaktion im Glase mitanzusehen.

Auf der Gartenseite gewann man den besten Einblick in den Querschnitt des Hauses. Über unzählige Balkons ergoß sich in der warmen Jahreszeit der Inhalt der stickigen Zimmer; keine Einzelheit des nachbarlichen Lebens, die hier verborgen blieb. Man roch alle Mahlzeiten, die in den verschiedenen Wohnungen aufgetischt wurden, Gäste traten vor die Schwelle, um sogleich von den übrigen Mietern begutachtet zu werden, und viele intime Geschäfte wurden jetzt im Freien besorgt, darunter das Trocknen gewaschener Haare, das Stopfen von Strümpfen und Unterwäsche, das Schälen von Kartoffeln und das Entschoten von Erbsen. Unser eigener Balkon ertönte, nach meinem vierzehnten Jahr, vom Klappern meiner Schreibmaschine. In hellen Nächten setzte sich mein Vater an sein aufgepflanztes Scherenfernrohr – aus der ›Sachdemobilisierung‹ nach dem Kriege gerettet –, um die Bewegung der Planeten und die

Krater des Mondes zu studieren. Manchmal, getrieben von unwiderstehlicher Neugier, etwas über das Leben anderer Menschen zu erfahren, richtete ich dieses Fernrohr auf lampenerhellte Wohnräume in den umliegenden Häusern, wo nichtsahnende Männer dabei zu beobachten waren, wie sie nach einem glühenden Tag ihre Füße im Eimer kühlten, junge Mädchen, wie sie Liebesbriefe schrieben, Frauen, wie sie ihr Haar in Lockenwickler drehten, und Kinder, wie sie heimlich bei Kerzenlicht lasen, statt einzuschlafen. Ruchlose Indiskretion! Aber ich wollte eines Tages Bücher schreiben, und meine Neugier, so meinte ich, war nichts als unbeteiligter Forschungsdrang.

Ich habe das Haus erreicht. Am Ende des langen, zugigen Flurs klopfe ich an die Tür mit dem spitzenverhangenen Guckloch, hinter der ich eine Reihe von Hausmeisterinnen kannte – allesamt beleibt, träge und von außerordentlicher Zungenfertigkeit. Die Frau, die jetzt auftaucht, hat die Stelle 1937 übernommen, ein Jahr, nachdem ich nach England ging, ein Jahr, bevor meine Eltern mir folgten. Ich nenne den Namen meines Vaters.

»Ach, der liebe Herr! Wie schad, daß er weg ist. Na, dem geht's wenigstens gut, der hat sich viel Kummer erspart. Gnä' Frau, was wir mitgemacht haben! Und wie geht es dem lieben Herrn Papa?«

»Er ist tot«, sage ich.

Sie fängt zu jammern an. Ihr einziger Sohn ist in Rußland vermißt. Was für ein Kreuz das war, dieser Krieg. Und was die Nazis in Österreich angerichtet haben.

»Wer wohnt jetzt in unserer Wohnung?«

Ihre Lippen kräuseln sich verächtlich.

»Einer aus'm Lager, der zurückgekommen ist. Löwy heißt er. Wenn Sie wüßten, wie's jetzt ausschaut drin! Kommunisten haben ihn einigsteckt. Sie haben ja keine Ahnung, was die Russen uns alles angetan haben.«

»Wer war der frühere Mieter?«

»Dr. Keller. Der ist im goldenen Westen. Vor den Russen nach Salzburg davon. Wird schon wissen, warum. Ein Parteimitglied. Hat sich rechtzeitig abgesetzt, und wir sind in der Tinten!«

Ich wende mich zum Gehen.

»Haben S' keine Zigaretten für meinen Mann, gnä' Frau? Der ist halb gelähmt und kränkt sich zu Tod um unsern Buben.«

»Wann haben Sie zuletzt von Ihrem Sohn gehört?«

»Kurz vor Stalingrad. Da war er dabei. Ach, wer hätt sich gedacht, daß wir einmal so unglücklich werden!«

Hinter ihr strömt ein Geruch nach sauren Kartoffeln vom Küchenherd. Ich ziehe Zigaretten heraus. Vage fällt mir ein, daß sie wohl auch zu den Nazis gehörte. Oder nicht? Es ist mir gleichgültig. Die Kleinlichkeit dieser Menschen ist entscheidender als jede Parteizugehörigkeit, noch zwingender jedoch sind ihre Leiden – hoffnungslos und rührend, unlösbar und unerlöst.

Ich verlasse das Haus, ohne die vier Stockwerke hochzusteigen. Ich sehe das alles zu deutlich vor mir: die Schimpfwörter und Obszönitäten, von Generationen enttäuschter Bettler in die Wände eingeritzt, die schmutzigen Fliesen der Treppenabsätze und den besonderen Platz unter dem Fenster im zweiten Stock, wo in jener Wahlnacht von 1933 ein wilder Faustkampf zwischen den Nazimietern und unserer sozialistischen Marie mitsamt ihrem Liebhaber entbrannte.

Meine gute Marie muß ich nun auch besuchen. Ich habe seit dem Kriegsbeginn nichts von ihr gehört, aber gewiß ist sie treu geblieben wie in all den fünfundzwanzig Jahren in meiner Eltern Dienst.

6. Febuar

Marie ist in einem kleinen Haus in der ärmsten Gegend des Bezirks untergebracht. In solchen Bauwerken fließt das Wasser nur im Flur, und wie im Dorf treffen sich die Frauen am Becken, das hier ›Bassena‹ genannt wird. In jedem Stock gibt es ein oder zwei Toiletten, die Mieter hüten den Schlüssel dazu, so daß kein Fremder sie benützen kann. Der Schlüssel, sehr groß und von leicht verrostetem Eisen, hängt an einem Haken in jedem Türeingang. Die Fenster des Flurs blicken auf einen Lichthof, in dem schon am frühen Morgen Teppichklopfen widerhallt, und ihre farbigen Scheiben verleihen der Mietskaserne an sonnigen Tagen etwas von der frommen Atmosphäre in einem ländlichen Gotteshaus.

Marie, ich sehe es an einer beschrifteten Karte, die sie unter ein metallenes Namensschild geheftet hat, ist Untermieterin eines Herrn Bischoff. Sogleich verdächtige ich sie der zarten Beziehungen zum Wohnungsinhaber. Nicht schön von Natur, hat sie in ihrer Lebenslust und Selbstsicherheit stets Männer angezogen – mit fünfundvierzig fand sie noch einen Liebhaber, der zwanzig Jahre jünger war. Sein besonderer Reiz lag in dem Anhauch weißen Mehls auf seinen Haaren und Augenbrauen: er arbeitete zwei Straßen weiter in einer Bäckerei. Nach jahrelanger Anhänglichkeit an Marie verführte er eines Tages geistesabwesend eine junge ›Kräutlerin‹ und machte ihr ein Kind. Marie hatte daraufhin den größten Teil ihrer Ersparnisse dazu verwendet, ihn dem Mädchen anzutrauen. Sie erwarb sich die ewige Dankbarkeit seiner Rosa und wurde Taufpatin des kleinen Sohnes. Octavian, wie wir den Bäcker nunmehr nannten, verrichtete weiter kleine Hilfsleistungen für uns. Zur Weihnachtszeit, Brauen und Haar mit Schneeflocken bestäubt statt mit Mehl, lief er durch die Stadt, um unsere Geschenke an alle Freunde auszutragen.

Ich drücke auf die Klingel. Ein gutaussehender Mann über fünfzig öffnet mir. Sobald ich nach Marie frage, klopft er wortlos an die Tür des Hinterzimmers und verschwindet.

Marie erscheint. Sie starrt ungläubig auf meine Uniform, dann auf mein Gesicht. Sie stürzt sich auf mich und umarmt mich. Ohne weitere Fragen zieht sie mich in den kleinen Raum, drückt mich auf einen Stuhl, läuft zum Kohlenofen, um mir ein warmes Getränk zu machen. Ich hole Lebensmittel und Zigaretten aus meiner Schultertasche. Während wir reden, entdecke ich in dieser Stube das gesamte Schlafzimmer meiner Eltern. Ich hatte vergessen, daß man ihr das Mobiliar zum Abschied gegeben hat. Die Jugendstilschränke in blondem Holz, der niedrige Frisiertisch und Schemel – meine Mutter hatte eines Tages die Beine ihrer gesamten Einrichtung verkürzt, um sie zu modernisieren – und die Nachtkästchen nehmen so viel Raum ein, daß man sich kaum rühren kann. Nur das Messingbett gehört Marie. In den Spiegel blickend, fällt mir ein, wie oft ich mir den Frisierumhang meiner Mutter mit seinen Spitzenkaskaden umgehängt und darin eine gute Fee oder Königin dargestellt habe. Auf diesem wackligen Tisch machte ich meine Schulaufgaben, während sie ihren Nachmittagsschlaf hielt; sie fand, das Kratzen meiner Feder versetze sie angenehm in Schlummer.

Ich habe Marie die Bilder meiner Kinder gezeigt und ihren – echten – Bohnenkaffee getrunken. Jetzt erzählt sie mir von ihrem Leben im Krieg. Es sei nicht so schlimm gewesen. Ihre geheime Mitgliedschaft bei der Sozialdemokratischen Partei, die seit 1934 verboten war, wurde nicht aufgedeckt. Ihr Faustkampf mit den Nazimietern im Jahre 1933 hätte ihr den Hals brechen können, aber auch er blieb den neuen Herren verborgen, weil sie damals vor Gericht des tätlichen Überfalls freigesprochen worden war. Die fanatische Majorin Friedl war nach den ersten Monaten des Regimes tief enttäuscht von ihrer Überzeugung abgefallen und wandte sich während des Krieges dem Widerstand zu. Marie wurde mehrfach verhört, aber immer wieder in Frieden gelassen. Sie arbeitete eine Weile in einem nationalsozialistischen Lehrlingsheim, wo niemand sie nach ihrem Parteibuch fragte, und ging dann als ›Bedienerin‹ in andere Betriebe. Auch jetzt ist sie Putzfrau, wenngleich in der gehobenen Stellung einer Garderobiere im Österreichischen Rundfunk, der unter Sowjetkontrolle steht.

»Und hast du seit dem Krieg deine politischen Ansichten geändert?«

»Was fällt dir ein?« sagt Marie. »Ich bin in der SPÖ. Aber eins kannst dir merken, gegen die Russen hab ich nichts. Natürlich, die Soldaten waren grauslich in der ersten Zeit. Die Rosa haben sie mir zweimal geschändet, der Kleine war im Nebenzimmer eingesperrt. Bestien waren das, manche von ihnen. Aber mir ist nichts passiert. Da war ein russischer Hauptmann, ein fescher Kerl, und gar so zärtlich. Hat mich immer seine Mamma genannt. Schau, was er mir alles geschenkt hat.«

Marie zieht zwei Perserteppiche vom Schrank, die eingerollt oben liegen. Sie öffnet ein Kästchen, holt zwei Kristallvasen und ein Silbertablett heraus.

»Magst eine von den Vasen? Na komm schon, nimm sie, kannst sie für deine Wohnung brauchen.«

Sie ist fast gekränkt, weil ich ablehne.

»Und das Essen, das er mir gebracht hat! Solang er da war, hat's mir an nichts gefehlt. Ich hab nie Hunger gehabt, wie jetzt. Schad, daß man ihn versetzt hat. So ein lieber, anhänglicher Mann.«

Octavian dagegen ist in Rußland verschollen. Traurig klopft sie ihr Haar zurecht, das selbst bei ihren sechzig Jahren noch nicht grau ist.

»Rosa macht sich noch Hoffnungen. Aber der kommt nimmer. Und was das ärgste ist, man hat ihr die Rente entzogen, seit er vor zwei Jahren vermißt gemeldet worden ist.«

»Wovon lebt sie denn?«

»Geht arbeiten. Außerdem – man hilft sich gegenseitig aus.« Dann lacht sie wieder.

»Aber die Nazis in unserem Haus, denen hab ich's gezeigt. Als erstes nach der Befreiung hab ich den Herrn

Swoboda abgewatscht. Du weißt noch, wie rabiat der war, immer nur gedroht, er läßt mich verhaften. Na, ich bin ihm zufällig auf der Straße begegnet und hab ihm gesagt: So, jetzt sind wir wieder dran. Euer tausendjähriges Reich ist aus. Dann hab ich ihm eine runtergehaut, aber fest. Der Bucklige von vis-à-vis ist hinter Stacheldraht, in einem Nazilager. Ja, die Rache ist süß.«

So erkenne ich sie wieder: roh, zärtlich, gemein, mit einem goldenen Herzen. Eine sehr österreichische Mischung, aus einem Land, wo jede Leidenschaft sich austobt, statt künstlich eingedämmt zu werden. Hier trägt man einen Streit noch mit den Händen, nicht mit bloßen Worten aus, aber der innere Anstand und ein natürlicher Gerechtigkeitssinn bleiben bei aller Derbheit bestehen.

Später

Der Nachmittag sinkt, während ich nach Heiligenstadt fahre, meiner Kindheit auf der Spur.

Ich habe mir einen Jeep aus dem Wagenpark bestellt, der für Korrespondenten bereitsteht, und mich neben den schweigsamen englischen Fahrer gesetzt. Der lose Zeltstoff des Wagendachs flattert mir an die Ohren. Wir holpern über das Buckelpflaster der Döblinger Hauptstraße. Der Schneeschlamm ist im Wind getrocknet. Die schrägen Strahlen einer schüchternen Februarsonne spiegeln sich in Fensterscheiben. Außer einem eingestürzten Haus da und dort hat die Gegend sich kaum verändert; sie ist nur etwas mehr verfallen, ein wenig trostloser und ungepflegter geworden. Von Zeit zu Zeit eine neugetünchte Fassade mit bunter Beschriftung: hier hausen Sieger, in diesem Fall die amerikanische Besatzungsmacht. Die Schaufenster mögen leer sein, aber sie sind äußerlich unversehrt geblieben. Verträumt wie eh und je schaukeln diese kleinen Blumenläden, Konditoreien, Papiergeschäfte auf den Wogen der Zeit.

Jede Gasse, jede Ecke ist mir vertraut. In diesem Bezirk, dem neunzehnten, war seit Generationen die Familie meiner Mutter daheim. Fast in jedem Haus lebte eine ihrer Tanten, einer ihrer Onkels und Vettern. Dort drüben etwa wohnte meine Großmutter Melanie. Eine große, schwere, unglückliche Frau, häufte sie ihre Liebe auf leblose Gegenstände. Jede Vase oder Kanne, jedes Mundglas, Silbertablett, Porzellanornament hatte eine unveränderliche Aufgabe, einen unverrückbaren Platz. Dienstmädchen und Putzfrauen versetzten sie in Wut: sie hatten keine Ehrfurcht vor dem inneren Leben ihrer Dinge. Ohnehin waren die meisten Leute böse; Händler betrogen, Wäscherinnen waren frech, in der harmlosesten Bemerkung des Hausmeisters lag versteckter Hohn. Und doch war sie in ihrer Jugend romantisch gewesen, hatte Gedichte geschrieben, Chopin auf dem Klavier gespielt und einem unwiderstehlichen Hang nach himmelblauen und rosaroten Seidenbändern nachgegeben. Eine arrangierte Heirat war ihr Schicksal gewesen. Als sie von ihrer Hochzeitsnacht im Grand Hotel vor ihrem Mann geflohen war, schickten die Eltern sie unverzüglich zu ihm zurück. Eine Fin-de-Siècle-Tragödie: aber sie hatte weit ins neue Jahrhundert hereingereicht und das Leben ihrer Kinder, besonders das ihres Sohnes, bedrückt oder gar vernichtet.

In all den Seitengassen wurde Familiengeschichte gemacht. In diesem Garten schoß eine exzentrische Großtante mit dem Blasrohr nach Spatzen. Auf diesem Balkon verbrachte eine melancholische Cousine jeden Sommer in der prallen Sonne, reglos wie ein Derwisch, düster und tief gebräunt. In jenem Dachgeschoß hatten Freunde eine Waschküche in ein Atelier verwandelt – Zusammenkünfte und Grammophonkonzerte, Porträtsitzungen, auch heimliche Treffen zu zweit fanden darin statt. Döbling, ein früheres Dorf, lag inmitten von Gärten: man lebte hier nicht anders als in Hampstead oder Wimbledon. Alte Damen hielten sich gut in diesem Vorort. Junge Mädchen trugen die frische Luft im Gesicht. Selbst wohlhabende Frauen waren öfter bequem als modisch gekleidet, im Gegensatz zu ihren eleganten Freundinnen in der Stadt. Man spielte Tennis oder setzte sich zum Bridge ins ›Salettl‹. Väter, die nach der Arbeit jeden Abend ausspannen konnten, zeigten sich bedächtig und mild. Kinder waren vergnügt und erdverkrustet. Die Döblinger schienen immer weniger zielstrebig, aber glücklicher als die meisten anderen Menschen in Wien.

Mein Jeep ist an der Hohen Warte angekommen. Die Straße hebt sich, sie führt an einzelnen Villen vorbei. In einer von ihnen lebte Franz Werfel mit seiner Frau Alma, ehe er ins Exil ging. Die Nazis vertrieben ihn. Vier Jahre früher, als der letzte ernsthafte Widerstand gegen den Faschismus gebrochen wurde, hatte er nicht verhindern können oder wollen, daß von seinem Garten aus eine Haubitze die Arbeitersiedlung des Karl-Marx-Hofs beschoß. Wo der Hügel sich jetzt zum alten Dorf Heiligenstadt herabsenkt, ist die Straße von einem hohen Schutthaufen versperrt. Hier bitte ich meinen Fahrer, mich in einer Stunde wieder abzuholen, und gehe bergab zu Fuß. Ich habe den Militärmantel und die Schultertasche im Wagen zurückgelassen. Dieses letzte Wegstück bin ich lieber unbeschwert.

Die schmalen Gassen liegen friedlich im Abendlicht. Kein Mensch ist zu sehen. Ich biege in die Probusgasse ein, wo ich die ersten zehn Jahre meines Lebens verbrachte. Sie ist unzerstört. Nur das hohe Gebäude an der Ecke, ein Heim für taubstumme Kinder, ist von Bomben beschädigt und halb eingestürzt. Hier soll in meiner Kindheit der Blitz eingeschlagen und der Donner die Luft zerrissen haben, ohne daß ich aufgewacht bin. Über meine Tochter gebeugt während der ohrenbetäubenden Luftschlachten meiner Londoner Nächte, habe ich oft an diesen legendären Vorfall gedacht. Hat der Zusammenbruch dieses Hauses, als es dreißig Jahre später neuerlich getroffen wurde, die Kinder in der Nachbarschaft aus dem Schlaf geweckt? Ist eine neue Generation von Insassen von dem gleichen Schrecken über ihr ungeahntes Verderben ergriffen worden wie damals, als der Donner vergeblich an ihre tauben Ohren drang?

Es dämmert. Zu beiden Seiten die Weinhauerhäuser, in verblaßten Farben. Ich spähe in jeden Hof durch das halbgeöffnete Tor. Unsere eigene Wohnung ist unsichtbar, sie ging auf den Garten hinaus. Aber ich ahne, hinter der Eingangstür, den kalten, kalten Flur, die Treppe zur Linken, und rechts unten den Korridor zum Garten. Mitten im Gras stand ein gespaltener Apfelbaum, den selbst ein kleines Kind erklettern konnte. In seinen Ästen, auf einem Sofakissen sitzend, hatte ich meine ersten Märchen gelesen. Flieder und Goldregen blühten am Rasensaum. Die Gartenhütte, voll rostiger Geräte, roch nach verrottetem Holz und süßer Fäulnis. Auf einem kleinen Hügel standen zwei Gartenzwerge, die ich eines schrecklichen Morgens zerbrochen hatte, indem ich ihre Nasen aneinander rieb.

In diesen Garten war wenig von der Außenwelt gedrungen. Erst als meine Mutter und ich zum Regiment meines Vaters stießen, in dem mährischen Dorf Krönau, dann in der Garnison von Krakau, hörte ich von verlorenen und wiedergewonnenen Städten, von Kämpfen und Gefahren, in die ein junger Offizier der k. und k. Armee verwickelt war. In Krakau, mit vier Jahren, hatte ich die Monarchie in ihrem letzten trügerischen Glanz erlebt. Es war ein lebhaftes, aber unzusammenhängendes Getümmel von Impressionen, das mir davon blieb: Damen in schwingenden, wirbelnden Röcken und Hüten wie Wagenräder am Arm ihrer uniformierten Gatten; grüne Zwiebeltürme im polnischen Winterhimmel; Offiziersburschen – ›Pfeifendeckel‹ – mit den Akzenten eines halben Dutzends von Nationen im Kaiserreich; Galaabende im Kasino, an denen plötzlich alles aufstand und das ›Gott erhalte‹ sang. Glasklar und unvergessen nur eine Fahrt im Armenviertel von Krakau, durch eine Straße, die man ›Kindergasse‹ nannte und in der ein Schwarm von abgerissenen, elenden kleinen Wesen dem Wagen nachlief, die Hände bettelnd ausgestreckt. Ich war entsetzt zwischen meinen Eltern gesessen, indes der Kutscher mit scharfem Peitschenknall die Kinder vertrieb.

Der Bitternis dieser Stunde entsprach nur die Heimkehr meines Vaters aus dem verlorenen Krieg. In irgendeiner Heiligenstädter Gasse hatte ich ein Lied aufgeschnappt, dessen Worte ich nicht verstand und das ich sang, weil mir die Melodie gefiel.

> Die noblichten Herr'n
> mit die goldenen Stern'
> die wer'n jetzt die Straßen aufkehr'n –

Singend war ich in das Zimmer getreten, in dem mein Vater saß, das Kinn auf die Hand gestützt und immer noch in seinem schmucken Waffenrock, von dem die Sterne abgerissen worden waren. Das Lied löste einen Wutanfall aus, der mich demütigte und bis ins Mark erschreckte. Danach begann der Hunger und die Grippe-Epidemie. Ich wurde nach Dänemark geschickt, um zu Kräften zu kommen, und als ich wiederkehrte, erfuhr ich, daß unsere geliebte Schäferhündin Vera gestohlen und vermutlich von den ausgehungerten Dorfbewohnern aufgegessen worden war. Eines Tages gelang es unserem bösen Hausherrn, uns aus der Wohnung zu setzen, und unser Mädchen Lisi häufte einen Handkarren mit meinen Spielsachen an.

Im dunkelnden Licht stehe ich auf dem Pfarrplatz. Hier liegt meine Seele begraben. Wann immer ich in den zehn Jahren meiner Abwesenheit Heimweh hatte, war es nach diesem Ort. Wann immer ich gewisse Stellen von Beethoven oder Schubert hörte, erschien er vor meinem Blick. Ein kleiner Dorfplatz: links steht ein Bauernhaus, in dem die ›Eroica‹ geschrieben wurde; ein anderes zur Rechten; und in der Mitte die kleine Kirche zu St. Jakob. Vor ihr, zwischen vier Bäumen, ein regenverwaschener heiliger Nepomuk, der das Kruzifix und sein Birett in barocker Verzückung umklammert hält. Die Bäume sind kahl. Zu Füßen des Heiligen liegt ein Strauß von trockenen Winterbeeren. Im hölzernen Kirchtor hängen die Gemeindenachrichten wie zu meiner Zeit, aber ich bin von ihnen nicht betroffen. Wo meine Wurzeln tief in die Erde reichen wie nirgends sonst, bin ich eine völlig Fremde, so entrückt in Zeit und Raum wie ein geisterhafter Revenant.

Ich trete ein. Ohne nachzudenken, kniee ich nieder wie früher am Sonntagmorgen, am Tag meiner ersten Kommunion, vor jenen stolzen Fronleichnamsprozessionen, die im warmen Juni durch das ganze Dorf und wieder zurück zur Kirche führten. Eben wird ein Kindergottesdienst abgehalten, doch man hat nicht einmal den einzigen Kristall-Luster, nur ein paar verlorene Kerzen entzündet. Ich beuge mich auf meine Hände nieder, nicht mehr gläubig, aber von der Schönheit und Schlichtheit des Glaubens berührt. Alles angestaute Gefühl, jahrelang unterdrückt, als man seinen Mut für den Preis erkalteter Empfindungen erkaufen mußte – aller Kummer um die Erniedrigung meiner Heimat, alle Sorge um meine Kinder im Krieg, aller Schmerz um den Tod meines Vaters drängt jetzt hervor. Ein paar Buben in den vordersten Bänken drehen sich um und starren die fremde Soldatenfrau an, die nahe der Tür kniet und schamlos vor sich hin weint. Schweigend liest der Priester die Messe, von einem kleinen Ministranten unterstützt. Das Weihrauchfaß schwingt und klirrt, mit einem schwachen, wie nur geträumten Klang.

Der Jeep wartet am besprochenen Ort. Aufgebracht

über meine Verspätung, rast der Fahrer durch die dunklen Straßen nach Hause, über alle Bodenlöcher und Krater hinweg.

Im Pressequartier, auf der Treppe zu meinem Zimmer, höre ich Rufe und Gelächter aus dem Keller dringen. Ich laufe hinauf, werfe den Mantel aufs Bett und kämme mir das Haar, dann steige ich hinunter ins ›Honky-Tonk‹, wo eine Schar von Leuten, die ich alle bereits kenne, die Bar umsteht. Ein guter Geruch nach Virginiatabak, Bier und Whisky, viel gutmütiges Gekicher und das Surren von Pfeilen, die man nach der Scheibe wirft, kehlig oder heiser hervorgestoßene Scherzworte und freundliche Klapse, der hohe Barhocker wird mir entgegengerückt und ein Drink vor mich hingestellt mit energischem Aufprall. Das ist die Atmosphäre meines ›Fox and Grapes‹ und meines ›King of Denmark‹, der hundert Pubs in London und auf dem Land, besonders der Kneipen in Norfolk, die wir so oft besuchten, auf den Flüssen und Seen hin- und hersegelnd von dem einen ›Mild and Bitter‹-Bier zum anderen.

»Und wie haben Sie den Nachmittag verbracht?«

»Mit alten Erinnerungen.«

Nick setzt sich ans Klavier und spielt mit feinem Spott das Lied ›Sentimental Journey‹. Eine neue Runde wird gebracht. Wir trinken, gehen zu einem lärmenden Abendessen in den Speisesaal hinauf, kommen wieder zurück, trinken weiter und spielen Pfeilwerfen bis halb ein Uhr früh.

8. Februar

In London gab man mir nicht nur Botschaften, sondern auch viele Pakete mit, die neben den Geschenken für meine Freunde mein Gepäck ausfüllten. Für Zivilkleider blieb kein Platz. Jetzt beginnt das Khaki mir unangenehm zu werden, aber ich sehe seine Vorteile ein. Ich muß auf öffentlichen Ämtern niemals warten. Wenn ich meinen Jeep verfehle, komme ich trotz des Gedränges in jede Straßenbahn, muß nicht nach kleinen Münzen suchen und werde weniger herumgeknufft als alle anderen. Ist kein anderes Verkehrsmittel erreichbar, nimmt man mich in englischen Dienstwagen mit. Und wann immer ich das Telefon benützen muß, gehe ich in einen Laden, eine Kinokasse oder ein Büro der Alliierten und hebe einfach den Hörer ab. Ohne Uniform könnte ich keinen Bruchteil meiner Besuche und Expeditionen machen, und ich erfahre mehr auf diesen Rundfahrten über den Zustand Wiens als auf jede andere Art.

Neun Monate nach dem Krieg liegt die Stadt noch immer im Chaos. Riesige Schuttberge versperren Tore und Durchgänge, bombenbeschädigte Gebäude bleiben gefährlich; in den Februarstürmen, die sich so plötzlich erhoben, wie sie wieder erstarben, flogen nicht nur Schindeln vom Dach, sondern stürzten ganze Häuser ein – wie jenes, das unlängst einen Wagen mit Kutscher, Beifahrer und Pferden unter sich begrub. Es gibt wenig Verkehr; Menschentrauben kleben auf den Stufen zu beiden Seiten der Straßenbahnen, flankiert zumeist von Sowjetsoldaten, die diese Art von Transport nicht nur beherrschen, sondern offenbar genießen. Die sonderbar zusammengewürfelte Masse, die an die Stelle der Wiener getreten ist, scheint zu hungrig und verdrossen, um tüchtig oder zumindest höflich zu sein. Überdies hat sich ein natürlicher Hang, alle Dinge schwieriger zu gestalten, als sie es schon sind, offenbar noch vermehrt. In dieser Stadt wurden Pakete immer persönlich ausgetragen oder Briefe geschrieben, statt daß man das Telefon benützte. Eine gewisse altmodische Umständlichkeit gab es noch in der ersten Republik. Jetzt, nach einer Periode deutscher Überorganisation, sind die Menschen mit Erleichterung in das *laisser faire* von früher zurückgesunken.

In allen Bezirken die gleichen verbarrikadierten Läden, leeren Cafés und geschlossenen Restaurants. Das Leben ist aus den Straßen gewichen, aber man merkt, daß sich hinter den toten Fassaden manches regt. Da und dort sieht man in einem Schaufenster einen schön geschliffenen Glaskrug, einen einzigen anmutigen Schuh auf wohldrapiertem Tuch, eine einfallsreiche Fetzenpuppe oder Abendtasche. Die jungen Mädchen – reizlose Doppelgängerinnen der Wienerinnen von ehedem – sind schlecht, obschon keineswegs ärmlich angezogen, aber die wenigen offenen Läden der Inneren Stadt zeigen ein paar erlesene Modelle, als warteten sie auf eine Wiederkehr des weiblichen Geschmacks.

Verwüstet, zahnlos und angesengt, trägt das Gesicht der Stadt noch seine alten Züge. Seine höchste Glorie, die vielen Barockkirchen und Paläste, sind unberührt. Wann immer das ungewisse Wetter es zuläßt, glänzt eine scheue Vorfrühlingssonne auf den patinierten Dächern und Kuppeln. Der Stephansturm, von zittrigem blaugrauem Nebel umhüllt, ragt über die zarte Linie des

Wienerwaldes, zu seinen Füßen liegen leere Hülsen, alles im engen Umkreis ist zerstört. Dahinter, in einem dichten Netz von alten Gassen, stehen die Stadthäuser des Adels und der Bourgeoisie, edelproportioniert und einfallsreich in ihrer Ornamentik. Nur ihre Farbe hat an Würde verloren. Was einst das vornehme Grau einer Witwe von Stand war, erscheint jetzt aschfahl vor Kummer und Vernachlässigung.

In einem der Häuser, die etwa ein Jahrhundert, nachdem sie erbaut wurden, dem Luftbombardement zum Opfer fielen, haben, einen Steinwurf vom Dom entfernt, meine väterlichen Großeltern gewohnt. Sein Tor ist jetzt vom Mauerwerk der eingestürzten oberen Stockwerke ausgefüllt. Durch die Fenster, von denen aus ich als Kind den Leichenzug des Kaisers Franz Joseph über die Ringstraße ziehen sah, erspähe ich Teile der einstigen Wohnung. Hier sind Spuren der gelben Tapete des Schlafzimmers und der burgunderroten im weitläufigen Salon. Dort, absurd in den Himmel gereckt, stößt das Rohr des Badezimmerofens hervor, dessen Terrakotta-Tönung ich immer bewundert habe. Die Eingeweide eines Lebens, das viele Jahrzehnte andauerte, sind jetzt den Blicken aller Neugierigen ausgesetzt. Dahin das Meißener Porzellan mit dem Zwiebelmuster, dahin das fürchterliche Pseudo-Renaissance-Mobiliar, reich geschnitzt mit Löwentatzen und Adlerköpfen, dahin die letzten Früchte bürgerlichen Wohlstandes, herübergerettet aus einem früheren Weltkrieg und finanziellen Zusammenbruch.

Mein Großvater war Kaufmann, der Inhaber einer Firma, die ihren Sitz im traditionellen Geschäftsviertel nahe dem Franz-Joseph-Kai besaß. In diesem Stadtteil sind die ärgsten Verwüstungen geschehen. Die wütendsten Kämpfe während der Belagerung fanden zu beiden Seiten des Donaukanals statt, als die zurückweichenden SS-Bataillone, ironischerweise im früheren Ghetto verschanzt, die Stadt von ihrem Ufer aus beschossen hatten. Der Kai, dieses Merkmal der merkantilen Jahrhundertwende, wurde fast zur Gänze von deutschen Geschützen zerstört. Alle Brücken außer einer sind geborsten, ihre Reste ruhen im Wasser, das überdies von versunkenen Schleppkähnen blockiert zu sein scheint. Während ich mit einem anderen Korrespondenten an dieser Kette von Ruinen vorüberfahre, verleiht ein plötzlicher Schneesturm ihrem Anblick eine barbarische Trauer. Wir einigen uns, daß dies der Augenblick ist, um den Prater aufzusuchen. Was von ihm übrig ist, sieht in diesem Wetter zumindest nach den Folgen einer Naturkatastrophe aus.

Der Prater, ein anderes Wahrzeichen des großen bürgerlichen Jahrhunderts, hat von jeher allen Schichten zur Erlustigung gedient. Vornehme ältere Damen und Herren rollten gemächlich zu den Pferderennen in der Freudenau, indes wohlhabende junge Leute ihr Geld und gutes Aussehen beim Blumenkorso zur Schau stellen konnten. Liebespaare wandelten unter weißen und rosafarbenen Kastanienblüten. Große gemütliche Familien nahmen große gemütliche Mahlzeiten in einem der drei Kaffeehäuser am Rand der Hauptallee ein, oder in den ungarischen, tschechischen, serbischen, polnischen und italienischen Gaststätten in der Nähe des Wurstelpraters. In diesem volkstümlichen Teil amüsierten sich

Kinder, Köchinnen und Soldaten. Am liebsten fuhren sie mit der Grottenbahn durch finstere Schluchten, in denen Märchenszenen oder Schreckbilder aufzuckten und wieder verschwanden: Wölfe mit gefletschten Zähnen, Zwerge, um einen funkelnden Schatz geschart, oder eine grausige Darstellung des Erdbebens von Lissabon, das sich unter ohrenbetäubendem Donnergrollen vor ihren Augen vollzog. Wieder im Freien, hörten sie die Schreckensschreie von der sausenden Scenic Railway. Ringelspiele, bevölkert von Pferden, Elefanten, Drachen, Einhörnern und jeder Art von heraldischem Tier, drehten sich zum metallischen Klang der Polka. Das ehrwürdigste Karussell bewegte sich um die gigantische Figur eines Chinesen, den man ›Kalafatti‹ nannte – angeblich, wenn auch nicht recht einleuchtend, eine Verballhornung des Wortes Kaliphat. Für kleine Kinder gab es Marionettentheater mit jenem ›Wurstel‹, der dem ganzen Bereich seinen Namen lieh. Seit 1873, dem Jahr der Weltausstellung, hatte hier das Riesenrad gestanden, mit seinen vielfarbigen Waggons, beleuchtet von Lampions, in denen man hoch im Bogen durch den Abendhimmel fuhr.

Von allen Freuden meiner Kindheit wollte ich diese eines Tages meinen Kindern bieten. Christine, verliebt in jeden Vergnügungspark, in lebende und hölzerne Ponys, in große bunte Luftballons, hat schon lange darauf gewartet. Aus einem amerikanischen Kinderbuch namens ›Gigi the Merry-go-round Horse‹ hat sie einen deutlichen, obschon unzutreffenden Eindruck vom Prater gewonnen und mich beschworen, ihr zu schreiben, ob hier alles noch zu finden sei – Gigi, ›deren Mutter eine Tanne war und deren Vater der Wind, der durch den Wienerwald bläst‹, Victorine, die kastanienbraune Stute und ihr Reiter, ›Seine Durchlaucht, des Kaisers jüngster Sohn‹.

Aber weder der amerikanisierte Wunschtraum noch meine eigene Wirklichkeit des Praters läßt sich in der Wildnis aufspüren, die an seine Stelle getreten ist. Granatenbeschuß und ein Brand, der im Holz und Farblack der Buden ungehindert wüten konnte, haben ihn vom Erdboden getilgt, als hätte er niemals existiert. Der grauenhafte, unvergeßliche Anblick des Erdbebens von Lissabon ist zur Wahrheit geworden. Der Vergnügungspark ist durch eine Wüste verkohlter Balken und verkrümmter Eisenträger ersetzt, über die das Riesenrad, verbogen und ohne Waggons, in schmerzlicher Einsamkeit hinausragt.

Ich steige aus dem Wagen und mache ein paar Schritte durch den frischgefallenen Schnee. Die Toten, stand kürzlich irgendwo, sind uns so gründlich entzogen, daß es nicht darauf ankommt, ob sie gestern oder vor tausend Jahren gestorben sind. Hier, auf dem Friedhof des Praters, komme ich mir vor wie in Pompeji. Mit kaltem, historischem Interesse suche ich hinter Schutt und Asche eine Epoche, die nicht weniger tief im Schoß der Zeit zu liegen scheint als das Römische Reich.

9. Februar

Ähnliche Gefühle erweckt ein Besuch beim Grafen und der Gräfin P. Ihre in London lebende Nichte hat mir einen Brief für sie mitgegeben und mich gebeten, die

Verbindung zu ihnen herzustellen. Sie hat Schlimmes über ihre Leiden während der Belagerung gehört.

Der Adresse nach wohnen sie in der russischen Zone, in einem der Bezirke also, die von der sowjetischen Besatzung verwaltet sind. Die ›Wieden‹ war früher das Reservat der guten Gesellschaft, mit ihren Palais und kleinen Residenzen, die hinter den Mietshäusern im Garten stehen. Zwischen den beiden Kriegen waren diese Häuser oft das einzige Einkommen verarmter Familien, denen ihre Güter verlorengegangen waren, als die Monarchie zusammenbrach. Das Mieterschutzgesetz des sozialdemokratischen Magistrates hatte, zum Vorteil des gleichfalls verelendeten Mittelstandes, diese Einkünfte noch weiter reduziert, so daß die Residenzen im Hinterhof zumeist verfielen. Wie so manche Landhäuser in England konnten sie ohne ausreichende Dienerschaft nicht instand gehalten werden und sanken allmählich, aber unaufhaltsam dahin.

Der vierte Bezirk, obschon durch keine Grenze vom umliegenden britischen Sektor getrennt, sieht noch weit trostloser aus als dieser. Soldaten der Roten Armee, die in Toreingängen lungern oder sich in den schneebedeckten Straßen an ihren Fahrzeugen und Karren zu schaffen machen, wirken abgerissen und verloren, tausende Meilen von ihrer Heimat entfernt. Ihre Militärmäntel, zerfranst und rissig, haben sie offenbar seit Stalingrad während endloser Monate des Kampfes und der Entbehrung getragen. Die runden, verwirrten Bauerngesichter nehmen aus Notwehr einen mürrisch-aggressiven Ausdruck an. Ich verstehe die Furcht der Wiener, wenn sie ihnen nachts begegnen: an ihrer Stelle ginge es mir ebenso. Trotzdem war es wohl unvermeidlich, daß diese fremden, unergründlichen und mitleidlosen Männer jetzt in der Stadt regieren. Ihre Gegenwart bestätigt mehr als die der anderen Alliierten die grimmige Wahrheit dieses Krieges. Sie verhindert brutal jede Flucht – den Wienern sonst selten versagt – in die Illusion.

An den Gruppen räudiger Schafsfellmützen vorbei suche ich den Weg zum kleinen Palais des Grafen und finde es hinter einem schäbigen, schiefergrauen Häuserblock. Im Garten steht ein hochgewachsener alter Mann in einer schwarzwollenen Zipfelmütze und schaufelt den Schnee von der Freitreppe: eine Ziege, die an der Hundehütte angekettet ist, blickt ihm aufmerksam dabei zu. Seine ersten Worte an mich sind von jener anmutigen Trägheit, die oft das einzige Merkmal und Erbteil der alten Familien ist. Freude über den Brief der Nichte ist das einzige Gefühl, das auszudrücken er für höflich hält. Sein Elend spricht für sich. Das Haus mag in den vorangegangenen Jahrzehnten langsam verfallen sein: was vor kurzem hier eintrat, ist völliger Ruin, eine Zerstörung, die nicht von Bomben herrührt. Wohin ich blicke, herabgestürzte Kristall-Luster, zerschlagenes Mobiliar, zerrissene Gobelins und Portieren, zerhacktes Parkett, geborstene Spiegel und Fenster. Ich habe noch niemals einen Ort so sinnloser Verwüstung gesehen. (Später, in Deutschland, zeigte man mir eine Hausorgel, ein kleines Wunderwerk, von amerikanischen Soldaten zertrümmert. An anderem Ort wiederum ein kleines Gutshaus, das britische Truppen in eine Baracke verwandelt hatten, mit Wurfpfeilschüssen in der kostbaren Täfelung und einem zertrümmerten uralten Kamin. Wie hier wurde der Abscheu vor solchen Untaten durch ihre völlige Grundlosigkeit hervorgerufen, durch die ekelerregenden Anzeichen eines *acte libre*, der Manifestation des unerklärlichen Bösen an sich.)

Die Gräfin, den Kopf durch mehrfach umwickelte Schals vor Neuralgie geschützt, öffnet mit zittrigen Fingern den Brief ihrer Nichte. Das Zimmer, früher der Schlafraum eines Dieners, ist ganz und gar verstellt durch jeden Schrank, jede Kommode, jeden Kartentisch und Lehnstuhl, der im Hause noch heil geblieben ist, und geheizt durch einen kleinen Eisenofen, dessen Abzugrohr sich an der Wand entlang und durch ein Fensterloch ins Freie zieht. Der Nichte gehe es also gut? Und ihren lieben Kindern? Eine Weile lang wird das tröstliche, immer neue und niemals endende Spiel der Aristokratie gespielt – wer mit wem durch wen verwandt ist, woher man stammt und wie man vor der Heirat hieß. Vereinsamt in ihren Leiden, beschwört die Gräfin die Vision einer großen und weitverzweigten Familie in Deutschland herauf, die mit Hilfe ihrer kaum entwirrbaren Verschlungenheit geeignet sein könnte, ihren Feind, die Gleichheit aller Menschen, zur Strecke zu bringen.

»Aber wie«, seufzt sie, »können sie uns helfen? Wir sind nicht nur durch Grenzen von ihnen getrennt. Sie haben immerhin ihren Besitz im Westen. Die amerikanischen Generäle gehen mit ihnen auf die Jagd, und ihre Speisekammern sind voll Corned-beef. Mein Gut in Ruthenien ist dahin, das Haus meines Mannes in der Slowakei verloren. Da sagt man uns, ganz Wien soll dasselbe zu essen bekommen, aber bei uns in der russischen Zone sind die Erbsen voller Maden, aus unseren Erdäpfeln wird Wodka gemacht, und die Butter kostet jetzt 1300 Schilling das Kilo.«

Ihre Gedanken beginnen zu wandern – alte Familientage in westfälischen Schlössern, als die Kinder klein waren – die absurden Hüte, die man ihnen anzog, ganz aus Spitzenfalbeln...

»Wissen Sie, wie's da draußen im Garten aussah? Fünfundzwanzig Soldaten und fünfzig Pferde haben auf unserem Grund kampiert. Zuerst haben sie das Haus zertrümmert, dann sind sie hinaus und haben ihre Zelte auf dem Rasen aufgepflanzt. Fünfzig Pferde vor unseren Fenstern. Dabei waren wir glücklich, daß man meinen Mann und meinen Sohn nicht erschossen hat.«

»Bestand denn Gefahr?«

»Meine Liebe, man hat ein Radio in unserem Haus gefunden, daraufhin wurden ihnen die Pistolen an die Brust gesetzt, da her, dem Buben und meinem Mann. ›Sie haben während der Belagerung Nachrichten nach Deutschland gesendet!‹ Dann hat man sie wieder ausgelassen, ganz ohne Grund. Vielleicht, weil mein Bub ruthenisch mit ihnen sprach. Oder weil sie irgendwo einen Weiberrock entdeckten. Na, davon haben Sie ja gehört. Alle Frauen in diesem Haus! Die Grünzeughändlerin dreimal. Ich meine, so was gehört sich doch nicht. Ich meine, das ist doch Privatsache, finden Sie nicht?«

Hilflos, hilflos wie ihre Worte, die der unerhörten Realität nicht gewachsen sind! Sie sucht nach Ausdrücken, um die Gewalttaten zu erklären, doch finden sie sich nicht in ihrem Vokabular. Vielleicht ist es besser, zu schweigen wie ihr Mann, da der gegenwärtige Zustand der Dinge weder begriffen noch formuliert werden kann. Immerhin haben die beiden, wie mir unweigerlich einfällt, sieben Jahre lang Schulter an Schulter mit der Barbarei gelebt – nur, daß ihre eigenen Barbaren sanftzüngig waren, durchaus imstande, über Goethe und Mozart in gewähltem Ton zu konversieren, angenehme Tischgenossen, kultivierte Gastgeber und Gäste, geschmeidig, wohlgekleidet und durch und durch europäisch. Schlimmeres als die Schändung wehrloser Frauen hat sich hinter Kerkermauern und Lagerzäunen abgespielt. Aber erst in ihrer östlichen, ihrer nackten und schamlosen Manifestation wird die rauhe Gegenwart für den Grafen und die Gräfin erkennbar. Der Geist des achtzehnten und neunzehnten Jahrhunderts ist schon lange tot. Ihnen, die mit ihm gestorben sind, beginnt das jetzt erst aufzudämmern.

Später

Es ist ein weiter Weg von diesen Opfern einer veränderten Welt zu einer wahren ›Frau aus dem Volk‹, an deren Lebensform die Historie kaum gerüttelt hat.

Anna war ein anderer Dienstbote unserer Familie, die Köchin meiner väterlichen Großmutter Laura. Als vierzehnjähriges Mädchen kam sie 1891 aus Böhmen zu ihr nach Wien und blieb hier bis 1939, als dieser Hausstand aufgelöst wurde. In all den Jahren hat sie nicht gelernt, das Deutsche fehlerfrei zu sprechen; ihr tschechischer Akzent ist so stark wie am ersten Tag. Wäre ich mit Anna nicht von jeher vertraut, ich müßte sie für das Plagiat einer Figur von Franz Werfel halten. Gleich seiner

Barbara und Teta ist sie nicht nur eine Böhmin bis ins Mark, sie ist auch ebenso gottesfürchtig. Jeden Morgen um fünf geht sie zur ›Dienstbotenmesse‹. Ihr gesamtes Kleingeld verschwindet im Klingelbeutel. Als sie nach jahrelangem Sparen eine kleine Summe besaß, begab sie sich auf die erste einer langen Reihe von Pilgerfahrten, die mit dem Schrein der Muttergottes in Mariazell begannen und eines glorreichen Sommertages in Rom ihren Höhepunkt fanden. Anna in der Stadt der vierhundert Kirchen. Anna im Vatikan, den päpstlichen Ring auf den Knien küssend. Noch zweimal fuhr sie in die heilige Stadt. Und obschon sie niemals die Liebe gekannt hat, nicht einmal in den Tagen, als sie ein hübsches Bauernmädchen war, ist sie doch häufig in Ekstase geraten. Die weißgoldenen Banner, die purpurroten Gewänder, die schimmernden Gefäße auf dem Hochaltar, Lilien von reinerem Weiß als die wächsernen Kerzen und Wolken von Weihrauch, die bis hinauf zur Kuppel des Petersdomes ziehen, all das und der jubelnde Glockenklang, der von den Marmorwänden widerhallt, hat ihr, die auf irdische Freuden verzichtet, einen Vorgeschmack dessen gegeben, was sie sich zuversichtlich vom Paradies erwartet.

Anna ist weiter in der Nähe der Stephanskirche verblieben, bis ihre Wohnung ausgebombt wurde. Dann übersiedelte sie in ein bescheidenes Haus im neunten Bezirk, das einer Stiftung für tschechische Dienstboten in Wien gehört. Hier lebt sie unter ihresgleichen, in einem Zimmer und einer Küche. Die Toilette befindet sich, wie bei Marie, auf dem Gang.

Annas Gegenwart macht sich bereits in dem Strauß

von Schneerosen bemerkbar, der zu Füßen einer Statue der Jungfrau Maria im Hausflur liegt. Während ich die Treppe hinaufsteige, gucken durch jeden Spalt der milchglasbesetzten Türen neugierige Gesichter. Scharfe Augen verfolgen mich bis in den zweiten Stock. Als ich auf Annas Klingel drücke, hört man überall ein erwartungsvolles Geflüster. Sie öffnet – eine verhutzelte kleine Frau, die eingeschrumpft ist, seit ich sie zuletzt gesehen habe. Auf allen Treppenabsätzen seufzt es gefühlvoll, als sie mich umarmt.

Ihre Wohnung ist so blitzsauber wie sie selbst. Auf dem Tisch liegt, hauchdünn gewalkt auf einer Leinenserviette, der Teig, aus dem man Apfelstrudel macht. Ohne es zu ahnen, bin ich zu Annas Geburtstag eingetroffen. Mit Mehl, Rosinen und Zimt, die ihre tschechischen Verwandten ihr geschickt haben, und mit ein paar Äpfeln, vom Herbst bis jetzt aufgehoben, aus dem Garten einer Freundin, bereitet sie ihr Festmahl. Auf einem Teller liegen bereits jene böhmischen Hefekuchen, mit Pflaumenmus gefüllt, die man Buchteln nennt. Anna nimmt sich nicht Zeit, mit mir zu reden, sie trippelt aufgeregt hin und her, stellt Wasser auf den Herd, holt Gabel und Löffel, trägt die Serviette mit dem Teig in die Küche und breitet statt dessen ein blütenweißes Tischtuch auf.

Auch in diesem Zimmer sehe ich Wahrzeichen aus meiner Kindheit. Einen Nähtisch meiner Großmutter. Eine letzte Tasse aus dem Meißener Kaffeeservice. An der Wand, auf der Kommode, in jeder Ecke Devotionalien: Öldrucke der Heiligen Familie, Kruzifixe, ein kleines marmornes Weihwasserbecken, darüber ein Ewiges Licht, Wachsfiguren von Heiligen, das Herz Jesu unter einem Glassturz, zwei Rosenkränze, um ein Modell des Petersdomes in Rom drapiert.

Dann, beim Kaffee, beginnt Anna zu erzählen. Sie berichtet vom Schicksal vieler Leute, deren Namen ich längst vergessen habe und die jetzt wieder auf mich zukommen, eine stumme Karawane aus den Tiefen der Zeit. Eine bucklige Weißnäherin wurde verschleppt und hat nie wieder von sich hören lassen. Ein freches Mädchen in der Tabak-Trafik hat ein uneheliches Kind von einem deutschen Soldaten. Ein jüdischer Arzt, der sich versteckt gehalten hatte, wurde von einem Patienten denunziert, der ihm seine Heilung in einer schweren Krankheit verdankte.

Nachdem Anna, mit unbewußtem Takt, einen ganzen Teppich verschiedentlichen Unheils vor mir ausgebreitet hat, beginnt sie von den letzten Jahren meiner mütterlichen Großmutter, die sie ebenfalls gekannt hat, zu reden. Verfolgt von ihren Zwangsvorstellungen von der Schlechtigkeit, Raffgier und Frechheit der Händler, Dienstmädchen und Hausmeisterinnen, umgeben von einer schwindenden Zahl unbrauchbarer Gegenstände, war die alte Frau von einem möblierten Zimmer zum anderen gezogen, zuletzt in ein Massenquartier. Kurz nach dem Anschluß hatte sie jemand mit »Heil Hitler« angesprochen, worauf sie erwiderte: »Verzeihen Sie, aber *was* haben Sie gesagt?« In ähnlicher Unschuld war sie zur verbotenen Stunde einkaufen gegangen, hatte die Wäscherin zurechtgewiesen, weil diese eine Tischdecke stärkte, deren Stickerei es nicht vertrug, und das neue Regime ganz allgemein als einen Aufstand der unbotmäßigen kleinen Leute betrachtet, dem entschlossener

Widerstand entgegenzusetzen war. Wer weiß, wie lange sie in dieser Vorstellung verharren konnte, in welchem Augenblick ihr Wahn zerstört wurde und sie dem wilden Tier ins Auge sah? Neun Wochen, nachdem man sie in Theresienstadt eingeliefert hatte, starb meine Großmutter Melanie, niemand hörte woran. Bevor sie Wien verließ, sagt Anna, übergab sie eine Menge Tafelsilber ihrer Putzfrau, die es für mich oder meine Mutter aufbewahren sollte. Ihre übrigen Habseligkeiten wurden zerstreut – wellige gelbe Schalen auf oxydierten Silberfüßen, Milchglasbecher, gesprungenes Porzellan, Gedichtbücher, Noten von Chopinwalzern, himmelblaue und rosafarbene Bänder.

Wir schweigen eine Weile. Anna zupft verlegen die beiden Rosenkränze um den Dom von St. Peter zurecht.

Dann berichtet sie mir in ihrem harten, abgehackten Deutsch, was in jener unglaublichen Woche im April vorgefallen ist, als die Deutschen abgezogen waren. Nachdem die Stadt sich der Roten Armee ergeben hatte, kam Anna mit allen anderen Wienern aus dem Keller hervor. Die Straßen waren in unvorstellbarem Wirrwarr, tote Menschen und Pferde lagen zwischen rauchenden Ruinen. Als erstes hatten die Sieger große Vorratskammern mit Lebensmitteln und Wein, die der deutsche Stadtkommandant ängstlich gehütet hatte, für jedermann aufgetan. Alle Leute trugen weg, was sie nur schleppen konnten. Die es nicht taten, bezahlten den Preis: wochenlang wurden keine Rationen mehr an die Bevölkerung verteilt. Am verhängnisvollsten wirkte sich aus, daß alle Weinkeller der Stadt, die jahrelang mit der österreichischen Lese aufgefüllt worden waren, plötzlich geöffnet wurden. Während dieser ersten Tage wurde die Rote Armee noch als Befreierin begrüßt, und mitten unter offenbar Rabelaisischen Trinkgelagen fanden jauchzende Verbrüderungen statt. In ihrer Hast, an den Wein zu gelangen, schossen die Sowjetsoldaten einfach die Fässer auf und luden die Einwohner der umliegenden Häuser ein, ihre Eimer und Krüge zu füllen. So trug Anna, gleich vielen anderen, ein ganzes Schaff mit Wein davon, so schleppte sie auch zwei Champagnerflaschen weg, die ihr irgend jemand in den Arm gedrückt hatte. Menschenhaufen drängten sich in die Keller, die Soldaten betranken sich immer mehr, schließlich begannen sie, nicht nur in die Fässer, sondern in besinnungslosem Übermut um sich zu schießen. Männer und Frauen wurden getroffen und fielen zu Boden, ihr Blut floß in den Wein, andere trampelten über sie hinweg und hielten ihre Krüge unter die ewig rinnenden Spünde. In manchen unterirdischen Gewölben hatte der Wein begonnen, die Zementböden zu überschwemmen, mit den immer wieder gefüllten Gefäßen wateten die Leute hindurch. Manche, Russen wie Wiener, sanken um in ihrem Rausch, die Gesichter zu Boden, und ertranken in zehn Zentimeter Wein. All das nahm seinen Gang, bis jeder Keller auf den letzten Tropfen geleert war.

»Dann«, sagt Anna, »war alles aus. Menschen sind sich nüchtern worden, haben Haß aufeinander gespürt. Niemand hat mehr wollen mit die Russen teilen, Frauenzimmer haben sich versteckt oder sind weggerannt. Russen sind sich bös worden, haben gemordet, geschändet, geraubt. Hier im Haus waren wir sicher, haben ja können Tschechisch mit ihnen sprechen. Russen sind sich mit Lebensmittel kommen. Wir haben müssen kochen für sie, haben aber viel dagelassen, kiloweis Butter und Mehl und Speck. Sonst wären wir sich hungrig gwesen. Hat kein Essen mehr gegeben monatelang.«

Später schickten ihr die tschechischen Verwandten Vorräte, und im Sommer nach der Befreiung fuhr sie in das böhmische Dorf, in dem sie geboren war. Dort wohnte sie der Priesterweihe ihres Großneffen bei und der ersten von ihm gelesenen Messe. Sie zeigt mir Photographien von der feierlichen Prozession durch das Dorf, von ihren Vettern und Cousinen, die mit ihren Kindern, in die schöne Tracht gekleidet, stolz hinter dem päpstlichen Banner einhermarschieren.

Ich blicke mir diese stämmigen Bauern an, die offenbar gut auf ihrem Lande leben.

»Warum gehst du nicht zu ihnen zurück? Sie leiden sicher nicht Hunger. Du könntest doch bei ihnen wohnen.«

Mit dem störrischen Ausdruck, den ich so gut an ihr kenne, schüttelt Anna den Kopf. »Das möcht nicht passen. Am Bauernhof will man niemand haben, der nicht arbeiten kann. Wie ich dort war letzten Sommer, hab ich bei der Ernte geholfen, das war mehr Plage als alles in der Stadt. Und überhaupt, was ist sich, wenn ich sterb? Hier hab ich ein Grab, alles schon bestellt und gezahlt vor langer Zeit. Will ich wissen, wo ich einmal bin.«

In ihrer naiven, aber schlauen Vorstellung vom lieben Gott will sie wohl, daß *er* weiß, wo sie einmal ist – an einem Ort, wo sie dafür gesorgt hat, ihn zu treffen, so daß er nicht lange nach ihr suchen muß, in irgendeinem böhmischen Dorf, in das sie nicht mehr gehört.

Abends

Mein Jeep hat Annas Adresse nicht gefunden: in Kairo, Neapel, Rom und Wien weiß ein Armeefahrer nur, wie man vom Hauptquartier zur Offiziersmesse kommt. Ich fahre also mit der Straßenbahn zum Ring und gehe dann ins Innere der Stadt, um ein Kaffeehaus zu besuchen, in dem ich viele Abende meiner Vergangenheit zugebracht habe und jetzt vielleicht diesen oder jenen Freund aufspüren kann.

In den späten Zwanziger- und frühen Dreißigerjahren war das ›Herrenhof‹ das wichtigste Literatencafé von Wien. Für mich hatte es den besonderen Vorteil, im selben Häuserblock wie meine Mittelschule zu liegen, so daß ich in der letzten Klasse nach der abendlichen Lateinstunde einfach um die Ecke bog und durch seine Vordertür ging. In mancher Beziehung mag es sich vom römischen Aragni oder dem Pariser Deux Magôts nicht unterschieden haben. Einzigartig war es darin, daß seine Kellner dazu ermuntert wurden, sich ebenso schrullig zu gebärden wie viele seiner Gäste. Geschult in der raschen, pointierten Rede und Widerrede, den zahllosen Wortwitzen der Habitués, hatten diese Leute häufig ebensoviel Geist entwickelt wie eine Neigung zur Affektation. Ihr Tagesablauf war mit dem der Schriftsteller und Künstler, die sie bedienten, eng verbunden: fraglos zogen sie das Café ihrem eigenen uninteressanten Familienleben vor. Keine Einzelheit in den Privataffären der Besucher blieb ihnen verborgen; sie sahen ihre Zuneigung und Ablehnung, ihre Liebe und ihren Haß auf den roten Plüschbänken und geschwungenen Stühlen vor ihren Augen entstehen, und alle Erfolge oder Mißerfolge spiegelten sich in den Nickeltabletts, auf denen sie ihnen den Mokka servierten.

Junge Mädchen kamen eines Tages zum ersten Mal ins Café und betraten es danach Abend für Abend, bis ihre Stirnen sich zu furchen begannen und ihre Finger braun wurden vom Nikotin. Neuvermählte Paare erschienen strahlend, um sich Monate später bereits an verschiedenen Tischen niederzulassen. Junge Männer, die sechs Stunden über einem Kapuziner gesessen und ein Heft nach dem anderen vollgeschrieben hatten, kündigten plötzlich die Annahme ihres Manuskriptes durch eine Bestellung von zwei Eiern im Glas mit einem Butterbrot an. Immerfort bewegten sich die Kellner um sie, lautlos und mit geübten Bewegungen, leerten Aschenbecher aus, brachten frisches Wasser und spielten den Hofnarren, wenn immer es erwünscht war, selbst eingeweiht in die sonderbaren Riten der Besucher rings um den Marmortisch.

Gegen sechs Uhr trete ich durch die vertraute Drehtür. Um diese Zeit war das Café früher voll. Literaturbeflissene Staatsbeamte, die seit längerem dagesessen hätten und eine halbe Stunde später aufgebrochen wären, befänden sich eben im angeregtesten Gespräch, indes die hartnäckigen Insassen, die nie vor Mitternacht nach Hause gingen, ebenfalls schon eingetroffen wären. Heute ist im ersten Saal kein Mensch zu sehen, der zweite aber ist mit einer schweren Portiere verhängt. Ich taste mich einen kaum erhellten Durchgang entlang bis zu dem Ort, wo früher an einem schimmernden Buffet links von den Telefonen und Toiletten eine Dame saß und Zigaretten, Zündhölzer, Aspirin verkaufte. Hier erscheint, wie aus einer Falltür, mit sinistrem Theatereffekt, die hohe Figur des Oberkellners Hnatek.

»Womit darf ich dienen, gnädige Frau? Wir schließen leider um sechs.«

Herr Hnatek, König aller Kellner, war ein solcher Meister der würdigen Pose, daß er, hätte er es gewollt, als jenes dekorativste aller Wesen, ein großer deutscher Dichter, hätte auftreten können. In der Tat wurde Thomas Mann, als er einmal in Wien eine Vorlesung hielt, von den Besuchern des Café Herrenhof mit Herrn Hnatek und zu dessen Gunsten verglichen. An der Spitze seiner Hierarchie, hatte Herr Hnatek sich immer nur zu gravitätischen Scherzen herabgelassen, die dem genius loci angemessen waren, ihm selbst aber nichts von seiner Haltung raubten.

Groß und gravitätisch ist er immer noch, doch sein Gesicht ist ausgehöhlt und seine Stimme zu ermattet, um mit der gewohnten sonoren Tiefe zu erklingen. Ich frage ihn nach Stefan B., einem befreundeten Journalisten, der in Wien arbeitet und lebt.

»Herrn Doktor B. finden Sie hier täglich um halb zwei, wenn wir unsere warme Platte auf Marken servieren. Aber er wohnt ganz nahe. Ich kann Ihnen doch seine Adresse geben – ich meine, Sie sind ja mit ihm bekannt?«

Ich trete aus dem Gegenlicht, und er erkennt mich. Staunen und Schrecken treten in sein Gesicht, als hätte er mich erst im Jenseits wieder erwartet. Dann beginnt zu meinem Kummer eine Szene, wie sie mir in all ihren Einzelheiten von einem österreichischen Freund vorhergesagt wurde, der im Exil gestorben ist. Manchmal, im Internierungslager oder nach seiner Entlassung von der Isle of Man im Londoner Bombenhagel, hat er sich seinen Empfang nach dem Krieg im Herrenhof ausgemalt.

»Der Herr Doktor haben den Krieg im Ausland verbracht?« würde der Kellner ihn auf jene höflich indirekte Weise fragen, die seit Maria Theresia im Schwange ist. »Das war aber gescheit vom Herrn Doktor. Da haben sich viel Unannehmlichkeit erspart. Wenn der Herr Doktor wüßten, was uns alles passiert ist. Das Elend, das wir durchgemacht haben. Wie gut der Herr Doktor aussehen – wirklich, eine Freud!«

Enteignung, Demütigung, Verhaftung und Todesgefahr, illegale Flucht über versperrte Grenzen, Jahre des Exils, ein feindlicher Ausländer in einem vom Kriege zerrütteten Land – all das würde zunichte werden, würde sich in Luft auflösen, mit einem Fingerschnalzen weggeweht. So beginnt auch Herr Hnatek, von Mitleid mit sich selbst ergriffen, sein Schicksal und das Schicksal Wiens zu bejammern, dessen Staub ich so erfolgreich von meinen Schuhen geschüttelt habe.

»Die Frau Doktor haben gut daran getan, daß Sie fort sind. Allein die Luftangriffe – dreimal haben sie die ganze Stadt in Brand gesteckt.«

Dahin die vornehme Geste, der stolze und unnahbare Blick. Der König aller Oberkellner steht mit einem Mal ohne Glorienschein da. Ich biete ihm Zigaretten an, die er mit einer unterwürfigen Verbeugung akzeptiert. Ob seine Tage im Herrenhof, ob die des Cafés nicht längst gezählt sind? Es läßt sich kaum denken, daß es je wieder zu seiner alten Bedeutung aufersteht.

10. Februar

Von Stefan B., den ich in seiner Garçonniere aufgesucht habe, erfahre ich mehr über jene unserer Freunde, die nicht gewillt oder imstande waren, ›den Krieg im Ausland zu verbringen‹, wie Herr Hnatek es nennt.

Da waren jene, die in den ersten Tagen des Anschlusses verhaftet wurden und seitdem verschwunden sind. Da waren andere, die sich das Leben nahmen – darunter Egon Friedell, der die Gestapoleute auf der Treppe hörte und aus seinem Fenster sprang. Und da waren jene, die sich nicht unmittelbar bedroht fühlten und sich weigerten, eine Stadt zu verlassen, die ihnen feindlich gesinnt war, deren Luft sie jedoch weiter atmen wollten, auf die Gefahr hin unterzugehen.

Einer von ihnen war Peter Hammerschlag. Er stammte aus einer wohlhabenden Familie, hatte aber nie den Wunsch nach einer bürgerlichen Karriere verspürt. Gestützt auf seine Familie, bei der er weiter wohnte, führte er eine völlig freie Existenz. Lange Zeit blieb er ohne Einkünfte, doch er fristete sein tägliches Leben, seine Auslagen im Café und gelegentlichen Reisen mit Hilfe seiner kaum mehr bemittelten Freunde. Niemand hatte etwas gegen diese Art, sich durchzubringen, ernstlich einzuwenden: sie war Tradition unter den großen Bohemiens in Österreich, die zumeist dem Schoß der Bourgeoisie entsprangen. Ich ging noch zur Schule, als ich ihn zuweilen traf, einen jungen Mann, nicht viel älter als ich, aber unrasiert und nachlässig gekleidet, mit einem Ausdruck völliger Sorglosigkeit im Gesicht. Er hielt mich an und forderte von mir einen Schilling – ein

Fünftel meines wöchentlichen Taschengeldes. Als Gegenleistung sagte er dann das jüngste seiner Gedichte auf, in denen er sich auf die Manier des alten Scarron über bekannte Wiener Figuren amüsierte, auch über jene, von denen er Wohltaten empfing.

Sein Witz machte sich schließlich doch bezahlt, als in den frühen Dreißigerjahren, besonders nach dem Bürgerkrieg jenes 12. Februar, in allen möglichen Kellerlokalen politische Kabaretts entstanden. Das reaktionäre Regime zu Ende der ersten Republik zog eine Reihe intimer Brettln nach sich, wie es sie in Paris seit Jahrhunderten, in München seit Jahrzehnten und in Berlin seit dem Ersten Weltkrieg gab. Im Souterrain eines Kaffeehauses, vor einem Publikum von fünfzig bis hundert Menschen, richtete eine kleine Truppe von Schauspielern, jungen Schriftstellern und talentierten Dilettanten kaum verhüllte Angriffe auf die Regierung und einflußreiche Öffentlichkeit. Peter Hammerschlag erwies sich als Meister der Satire. Endlich war er in seinem Element und sogar bereit, hart und ausdauernd zu arbeiten, wenn ein neues Programm in Vorbereitung war.

Nach dem Anschluß verschwanden die meisten der kleinen Kabaretts. Viele ihrer Mitglieder verließen das Land oder begaben sich in die Obskurität. Peter Hammerschlag wurde nahegelegt, sich in Sicherheit zu bringen. Seine Freunde beschworen ihn, dem Beispiel Anton Kuhs zu folgen, der mit dem Ausspruch ›Schnorrer kann man überall brauchen‹ nach Amerika fuhr. Aber nachdem er einige Zeit im benachbarten Jugoslawien verbracht hatte, kehrte Peter ebenso illegal zurück, wie er weggegangen war. Extra Austriam non est vita. Der

Polemiker litt an unstillbarem Heimweh. Fern von der vertrauten Silhouette, der milden Luft, den Gasthäusern und Cafés, fern von einer Sprache, deren ironische Untertöne und Doppeldeutigkeiten er auszuschöpfen liebte, welkte er dahin. Jetzt aber mußte er untertauchen. Mehr als zwei Jahre führte er das Leben der ›Unterseeboote‹, Männer und Frauen ohne Identität, ohne offiziell vermerkte Existenz. Tagsüber schlief er in der Wohnung von Freunden, nachts wagte er sich auf die Straße, immer in Angst vor der Polizei. Manchmal, wenn er im hellen Licht erwachte, trat er ans Fenster und blickte hinter vorgezogenen Gardinen auf die Straße hinaus. Einmal sah er im gegenüberliegenden Hauseingang einen Mann, der einem anderen eine Schachtel Zigaretten verkaufte. Plötzlich fühlte er den Drang in sich, wie ein normaler Mensch zu handeln. Er lief aus der Wohnung, drei Treppen hinunter und zum Tor hinaus. Unrasiert, mit zerdrückten, ungelüfteten Kleidern ging er auf den Mann mit den Zigaretten zu, um ihm ebenfalls ein Paket abzukaufen. Es war der Blockwart des Hauses, aus dem er gekommen war.

Stefan B. deutet mit einer Handbewegung das Ende an.

Wir trinken Kaffee, das Geschenk eines amerikanischen Freundes. Eine große Zahl anderer Konserven – Lachs, Sardinen, Kompott – steht auf den Regalen der kleinen eingebauten Kochnische. Das Zimmer, in dem wir sitzen, ist schön möbliert, licht, luftig und bequem. Stefan hat den ganzen Krieg in ihm verbracht.

Er ist ein liebenswürdiger Gastgeber, fragt mich nach all unseren Freunden im Ausland und berichtet mit wahrer Anteilnahme über das Schicksal jener, die hier geblieben sind. Trotzdem oder vielleicht eben darum beginne ich, die Zweideutigkeit seiner Lage zu durchschauen. Hier ist ein Mann, der sich mit den Gewalten, die sich seines Landes im Jahr 1938 bemächtigten, geeinigt hat. Ein Gegner ihrer Weltanschauung, hat er dennoch eine Tageszeitung redigiert. Auf behutsame Art stand er vermutlich für das, was er gerecht und richtig fand, auch weiter ein; er half den Verfolgten, wo er konnte, und verzichtete darauf, Parteimitglied zu werden. (Später erfuhr ich freilich, daß Stefan B., aus ›Vorsicht‹ und ›um seine Freunde zu decken‹, sogar der NSDAP beigetreten war.) Einmal wöchentlich besprach er mit gleichgesinnten Freunden, darunter ein hoher Polizeibeamter und ein Burgschauspieler, die Vulgarität des Regimes und die mögliche Aussicht auf einen baldigen Sieg der Alliierten. Während all dieser Zeit aber hat er nicht nur vom Stand der Lage profitiert – in Freiheit lebend, indes andere im Gefängnis zugrunde gingen; sich satt essend, indes andere Hungers starben –, sondern in Wahrheit mitgeholfen, zu stützen und zu erhalten, als kleines Rad in jenem Getriebe, durch das die Maschine in Gang gehalten war.

Aber wer in Österreich, außer früheren Häftlingen der Konzentrationslager, den Leichen ihrer Kameraden in den Massengräbern und jenen ›Unterseebooten‹, die am Leben geblieben sind, wer außer den sechshundert Widerstandskämpfern, die aufgehängt oder geköpft wurden und einigen tausend mehr, die man nicht entdeckte – ist nicht ebenso betroffen? In England, während des Krieges, wenn wir davon träumten, unsere

Heimat wiederzusehen, nahmen wir uns vor, niemand die Hand zu schütteln, der auf irgendeine Weise mit dem Regime verbunden gewesen war. Jetzt erscheint mir dieser Entschluß lächerlich; alle Grenzlinien sind verwischt. Stefan, so meine ich, kann keine Schuld vorgeworfen werden, außer daß er weder zum Helden noch zum Opfer geboren war. Indem er nicht den Kopf verlor und der Ideologie der Nazis so weit widerstand, wie es in seiner Kraft lag, hat er sicherlich mehr Gutes gewirkt als Schlimmes verbrochen. Hätte ihn andererseits seine klare Sicht und vollständige Erkenntnis des Übels, das über sein Land gekommen war, nicht dazu bewegen sollen, sich vom öffentlichen Leben, zumindest von der exponierten Stellung eines Journalisten zurückzuziehen? Der eigenen Vorsicht, ja Ängstlichkeit sich bewußt – mußte er niemals befürchten, daß er sich nicht eines Tages unter offiziellem Druck, oder auch nur aus Furcht vor solchem Druck, gezwungen sehen könnte, in seinen eigenen Artikeln etwas von dem Gift zu verstreuen, ohne daran zu glauben, aber darum nicht weniger überzeugend? Und wer sagt mir, daß dies nie der Fall gewesen ist, wer erinnert sich noch jeder Zeile, die Stefan in all den Jahren geschrieben hat? Es geht um subtile Nuancen. Aber wenn ich, die ihn und seine Vorgeschichte kennt, es schwer fände, ein Urteil über ihn zu fällen, wie unmöglich muß dergleichen für die alliierten Untersuchungsrichter sein?

Bevor ich ihn verlasse, erzählt mir Stefan eine düstere Farce, die der Realität entstammt. Fast den gesamten Krieg lang hatten Freunde von ihm eine ältere Frau versteckt gehalten, die aus rassischen Gründen verfolgt gewesen war. Eines Tages wurde sie krank. Man holte einen Arzt, einen ›Halbjuden‹, dem gewisse Rechte versagt waren und der selbst in ständiger Angst davor lebte, den Arbeitsgruppen der Organisation Todt zugeteilt zu werden. Er erkannte sofort, daß die Krankheit lebensgefährlich war: nur eine Operation konnte helfen. Nachdem er die Diagnose gefällt hatte, verließ ihn sein Mut und er stürmte davon, um der Entscheidung zu entgehen. Ohne zu zögern, faßten Stefans Freunde einen verhängnisvollen Beschluß. Eine Stunde später verließ die kranke alte Frau, versehen mit den Dokumenten ihrer Wirtin, das Haus in einer Ambulanz und fuhr ins nächste Spital. Am selben Abend wurde sie operiert. Tags darauf war sie tot. Jetzt konnte man nicht mehr zurück: sie wurde unter ihrem falschen Namen eingesegnet und begraben. Ihr Beschützer, ein bekannter Mann, mußte den Tod seiner Frau in den Zeitungen inserieren. Ihre Verwandten kamen vom Land und folgten schluchzend dem Sarg, in dem die jüdische Freundin lag. Inzwischen hatte die Frau sich selbst ins Versteck begeben und verbrachte den Rest des Krieges in einem verschlossenen Raum ihrer Wohnung, ein lebender Leichnam, bis drei Monate später der alliierte Sieg ihr das Leben wiedergab.

Abends

Immer noch unter dem Eindruck von Stefans Dilemma, begegne ich einer Reihe von Menschen, für die es offenbar niemals bestand.

Wir treffen einander im Haus von Peter S., der zweimal monatlich all jene bei sich empfängt, die ungeachtet ihrer politischen Richtung aktiven Widerstand gegen die Nationalsozialisten geleistet haben und jetzt von einem ebenso aktiven Glauben an die zweite Republik durchdrungen sind. Es befinden sich darunter ehemalige Lagerinsassen, von rechtsradikalen Katholiken bis zu Kommunisten; ein sozialistischer Universitätsprofessor, der lieber von seinem Posten zurücktrat, als seinen Studenten ein verzerrtes Geschichtsbild zu vermitteln; ein Schriftsteller ohne Parteizugehörigkeit, aber von ausgeprägtem Freiheitssinn, der durch den ganzen Balkan vor den Deutschen floh, die siegreiche Armee immer auf den Fersen, bis er schließlich in einem Ruderboot in das bereits von den Alliierten eroberte Italien entkam. Einige haben auf der Seite Titos oder der italienischen Partisanen gekämpft, andere daheim illegal gearbeitet, in Fabriken oder in der Armee. Jetzt sind die meisten von ihnen in der Regierung oder im Schulwesen beschäftigt, manche auch in der Presse und Industrie.

Einige alliierte Offiziere sind ebenfalls geladen, darunter ein Amerikaner, ein Brite, ein Franzose und ein Jugoslawe, die sämtlich im Weichbild Wiens geboren sind. Mit mir sind aus dem Salmschlößl drei Korrespondenten und ein Offizier gekommen. Statt unseres Abendessens haben wir uns vom Messe-Sergeanten ein paar Pakete mit Sandwiches und zwei Brotlaibe geben lassen, als Beitrag zu den Erfrischungen, die Peter vorbereitet hat. Es sind etwa dreißig oder vierzig Menschen in den drei Räumen versammelt, alle von neuem hungrig, seit sie ihr karges Mittagessen in der ›Volksküche‹ verzehrten. Ein biblisches Wunder ist nötig, um sie zu sättigen, doch es gelingt mit einer riesigen Terrine voll Oxo-Suppe, einer Menge von belegten Broten und einer großen Kanne Tee.

Sobald ich hier eintrat, ist mir die Form dieses Empfangs aufgefallen. Er hat nichts von der vagen, anmutig wechselhaften Art ähnlicher Zusammenkünfte in England. Hier hängt kein abgebrochener Satz in der Luft wie hastig ausgestoßener Zigarettenrauch, hier hört man keine vor sich hingemurmelten Aphorismen, indes das Auge bereits auf dem nächsten Bekannten ruht, hier herrscht keinerlei Bewegung. Alles sitzt steif und fest im Kreis, eine Round-table-Konferenz in jedem Raum, die irgendein bestimmtes Problem von allen Seiten beleuchtet und erörtert. Dennoch würde man die Menschen nicht schwerfällig oder aufgeblasen nennen, es fehlt ihnen auch durchaus nicht an Humor. Aber je länger ich sie betrachte, wie sie ihre Tassen voll dünnem Tee auf den wackligen Knien halten und mit erhobenem Zeigefinger dozieren – einmal ernst, dann wieder mit plötzlich hervorbrechendem, herzlichem Gelächter –, desto mehr erkenne ich jene Verbundenheit mit dem Osten, die mir in meiner Jugend natürlich war. Nein, hier merkt man nichts von lateinischer Formvollendung und Eleganz, nichts von angelsächsischer pointierter Leichtfertigkeit, aber auch nichts von der gewichtigen Profundität der Deutschen. Tausend Meilen von Moskau entfernt, geben sich diese Teetrinker ähnlich end- und uferlosen Diskussionen hin wie die Russen, sachlichen Unterhaltungen, die einmal tieftraurig und im nächsten Augenblick von fast irrationaler Heiterkeit sind. Es ist das slawische Element, nicht so sehr in den Österreichern wie in den Wienern, das mir heute abend zu Bewußtsein kommt.

Es war dieses gleiche slawische Element, das uns alle zwischen den beiden Kriegen für die Sowjetunion einnahm. Tolstoj und Dostojewskij, die byzantinische Fremdheit, die Heiligmäßigkeit und Brutalität dieses Landes, selbst die Volkslieder, die wir durch russische Emigranten kennenlernten, das bezaubernde Kabarett des ›Blauen Vogels‹ unter seinem Direktor Juschny: sie alle führten uns unmerklich zum Marxismus hin. Politische Neigungen, die einer Bewunderung für Dostojewskijs leidende Helden oder auch nur einer Leidenschaft für die Melodien der Wolgaschiffer entsprangen, wurden in späteren Jahren mit etwas schärferem Realitätssinn überprüft. Aber jene Nächte, die wir nach Art russischer Studenten in schlecht möblierten Zimmern um einen Topf geschart verbrachten, hingen uns nach wie die Erinnerung an einen weitschweifigen, melancholischen, nie wieder geöffneten Roman.

Ein junger Schriftsteller kommt auf mich zu, mit dem ich vor den Jahren seines Schweizer Exils bekannt war. Er ist drei Monate nach Kriegsende nach Österreich zurückgekehrt. Seine Eltern, die sich inzwischen in Amerika niedergelassen hatten, wollten ihn überreden, ihnen dorthin zu folgen. Hans Weigel hat es vorgezogen, ostwärts zu gehen, in ein Land, das hungrig, besiegt und besetzt ist. Sogleich wurde er mit offenen Armen empfangen, mit ehrenvollen Aufträgen überschüttet, in jede offene Position hineinkomplimentiert. Verleger, Redakteure, Regisseure reißen ihm die angesammelten Arbeiten seiner Emigrantenjahre aus der Hand. Er hat nicht vorausgesehen, als er Zürich verließ, daß man ihn wie den heimgekehrten Sohn einer großen und verlorenen Familie begrüßen würde, doch er entzieht sich dieser Rolle nicht. Seit seiner Ankunft hat er zwanzig Kilogramm abgenommen, aber er behauptet, das täte seiner Gesundheit wohl. Unendlich angeregt von Wiens kultureller Wiedergeburt, nährt er sich von Illusionen und Hoffnungen statt von Brot.

Hans versteht nicht, daß ich in kurzer Zeit wieder nach England reisen werde. Ihn hat seine Vaterstadt zurückgezogen wie ein Magnet. Vergeblich suche ich ihm zu erklären, daß mein Leben, seit ich Wien zwei Jahre vor Hitlers Einmarsch verließ, einen anderen Lauf genommen hat, daß meine Kinder, drüben geboren, mir eine Wahl unmöglich machen. Ich muß mich damit begnügen, gleich Antaeus dann und wann die heimatliche Erde zu berühren. Sie gibt mir Kraft, obschon sie selbst schwach und ausgelaugt ist.

»Aber wie willst du dir ein Bild davon machen, was hier im Werden ist? Die Zeit ist so kurz. Du solltest alles sehen: die neuen Leute im Rathaus. Den Kreis um die Zeitschrift ›Der Plan‹. Die Maler. Die Oper. Womit wirst du beginnen?« Sein Gesicht ist erregt und besorgt. »Du mußt einfach begreifen, wie wichtig, wie vielversprechend das alles ist.«

Er zieht mich ins Nebenzimmer. Dort ist ein Mann, den ich kennenlernen muß, der typisch ist für diese Renaissance des Geistes. Nikolaus H. war, wie ich erfahre, ein religiöser Marxist, der in einem Lager, im Zuge eines Festgelages der SS, ans Kreuz geschlagen wurde. Wie lange er dort blieb, zum Teil ans Holz genagelt, zum Teil mit Stricken angebunden, hat niemand von ihm gehört. Als ein österreichischer Dichter, der nach zwölf Jahren russischen Exils zurückkam, dieses Ereignis in einem Gedicht beschrieb, sagte Nikolaus nur kurz: »Es war anders.« Jetzt gibt er eine Zeitschrift für Politik und Religionsgeschichte heraus.

Mit Nikolaus konfrontiert, entdecke ich an ihm keine Spur von Mitleid mit sich selbst, nur eine in sich gekehrte Nachdenklichkeit. Er spricht mit mir über das Ziel seiner Publikation, über die Notwendigkeit eines ruhigen, langsamen Wiederaufbaus, eines umsichtigen Entwirrens aller Knoten jener Irrlehren, die von den Nazis jahrelang verbreitet wurden. Ich blicke diesen modernen Märtyrer an, dessen Stirn und Handflächen noch feine weiße Narben zeigen, und merke plötzlich, daß er meinem Onkel Felix ähnlich sieht. Aus der Vergessenheit steigt ein Gesicht auf, nicht minder schmal und blaß, das Gesicht eines anderen Opfers unserer mühevollen Zeit.

Der jüngere Bruder meiner Mutter, Sohn jener unglücklichen und enttäuschten Melanie, war zu Beginn des Ersten Weltkrieges von den Russen gefangengenommen worden. Als jungen Leutnant hatte man ihn nach Sibirien gebracht: von seinen Kerkermeistern empfing er die Erleuchtung. Zwangsrepatriiert im Jahr 1921, hatte er nach Österreich einen glühenden Glauben an die Revolution mitgebracht und ihn fünfzehn aufreibende Jahre lang verteidigt. Nie wieder war ihm die Botschaft so klar erschienen, hatte er seine Kameraden so rein gefunden wie in seiner Jugend. Verschroben, erfolglos, kämpfte er sich durch die hoffnungslose Nachkriegszeit, studierte zu Ende und blieb dennoch unter den vielen hunderttausend Arbeitslosen, ging einsamen Forschungen nach und suchte immer weiter nach einer Formel, die sein Leben erklären und lenken würde. In den Dreißigerjahren hatte er sich der Religion zugewendet, ohne dem Trotzkismus zu entsagen. Eines Tages verschwand er, zur Verzweiflung seiner Verwandten. Ein Priester seiner Bekanntschaft, sein Beichtvater, von dem allein er Abschied genommen hatte, gab uns später seine letzten Worte bekannt: »Ich muß Gott in Spanien suchen.« Mir, die ich damals schon in England lebte, schrieb er im Februar 1937 auf einer Postkarte, was er nach Österreich nicht hätte melden können – daß er frohen Herzens in Alicante gelandet war. Zwei Wochen später fiel er, als Sanitäter, in seiner ersten Schlacht.

Ich sage weder Hans noch Nikolaus, wie diese Begegnung mich erschüttert. Ich kann nur hoffen, daß ihr Vertrauen auf die neue Zeit gerechtfertigt ist. Die Vergeblichkeit und Sinnlosigkeit des Lebens meines Onkels Felix war immer ein Grund für mich gewesen, vor der vollständigen Hingabe an eine Überzeugung zurückzuscheuen. Umso mehr bewegt es mich, wenn andere sich mit Enthusiasmus einer Leitidee widmen. Ich verspreche Nikolaus, bald mit ihm ins Rathaus zu gehen und seine Freunde kennenzulernen, auf die er solche Stücke hält. Hans zieht mich weiter: ich muß Journalisten und Staatsbeamte treffen, er arrangiert für mich ein ganzes Informationsprogramm. Schließlich sinke ich in einen Stuhl, um eine Tasse Tee zu trinken. Die ernsthaften

Runden beginnen sich aufzulösen. Zwei Paare haben zu tanzen begonnen. Manche brechen bereits auf.

In diesem Zustand leichter Erschlaffung, während ich durch halbgeschlossene Lider die bebrillten jungen Männer mit ihren Haarschöpfen und die schmachtenden jungen Mädchen betrachte, die sich in Sofaecken aneinander drücken, scheint mir, als würde die Zeit zurückgespult. In solchen lässigen Spielen, solch zärtlicher Müdigkeit haben damals alle unsere Zusammenkünfte geendet. Nach dem harten Widerstreit, dem angestrengten Wortgefecht, hatte man sich gehenlassen – Musik, gedämpfte Lichter und der Flüsterton, in dem jemand eine langwierige Geschichte erzählt. Eine unheimliche Sekunde lang meine ich, auf einem niedrigen Korbstuhl zu sitzen, mein Haar sehr kurz geschnitten, meine Beine dünner und unbeholfen ausgestreckt, während jemand mit einem pockennarbigen Gesicht und schlechten Zähnen, ein Russe, ein Lied singt, dessen Text er uns übersetzt: »Zar Nikolaj erließ ein Manifest / den Toten ihre Freiheit / die Lebenden in Arrest.« Manjo, der Rumäne, geht auf leisen Füßen durch das Zimmer, um heißes Wasser in den Teetopf zu gießen, und Annie –

»Was ist mit Annie Gadoll geschehen?« frage ich plötzlich.

In ihrem Haus hatten wir getan, als seien wir russische Studenten, mit genügend Einbildungskraft für ein ziemlich überzeugendes Spiel. Annie hatte alles ernst genommen. Sie lebte wirklich, was wir nur vorgaben. Sie war noch nicht zwanzig, wie damals ich, als sie das Haus ihrer Eltern verließ, eine Renegatin der Bourgeoisie, um das unsichere Leben Manjos, eines rumänischen Revolutionärs, zu teilen. In meinem ersten Roman beschrieb ich sie und die Gesellschaft von Außenseitern und Verschwörern, mit der sie sich umgab. Ihre Einmütigkeit und Entschlußkraft waren die vollendete Folie für meine schwankende Heldin gewesen. Später entfernten wir uns voneinander. Ich war den beiden gegensätzlichen Anziehungen des Sports und des Literatencafés verfallen, indes sie ihren geraden, aber gefährlichen Weg weiterging. Eines Abends sah ich sie vor der Drehtür des Herrenhof. Es hatte geregnet. Ihr Haar hing in nassen Strähnen herab, Regentropfen liefen ihr über das zarte, liebliche Gesicht und fielen auf den schwarzen, glänzenden Lackmantel, den Manjo ihr aus Paris mitgebracht hatte. Sie war schwanger. Später hörte ich, sie habe ein kleines Mädchen bekommen und es Manja genannt. Nach 1934 verlor ich sie ganz aus den Augen.

»Du weißt es also nicht«, sagt Peter, der neben mir sitzt. »Annie Gadoll ist tot. Sie ging nach Paris und trat, als die Deutschen einmarschierten, einer Widerstandsgruppe bei. Die haben sie nach Österreich zurückgeschickt, um sie hier illegal arbeiten zu lassen. Man hat sie entdeckt, eingesperrt, gefoltert. Eine Woche, bevor die Rote Armee einzog, wurde sie gehenkt.«

Er steht auf, um Gästen, die sich verabschieden, die Hand zu schütteln. Das Zimmer leert sich. Ein paar Leute stehen um das Klavier und singen englische Volkslieder mit allen Anzeichen des Heimwehs: es sind Österreicher, die aus England nach Wien zurückgekehrt sind. Nebenan sitzen meine Freunde aus dem Pressequartier bei einer Flasche mitgebrachtem Whisky. Ich bleibe allein und denke über Annie nach. Waren diese Helden und Märtyrer nicht Mißgeburten? Lebten alle anderen, die sich der Komplexität des Lebens anpaßten, nicht einfach nach jener Norm, die später das Alibi für ihren Freispruch war? Die Lebenden scheinen so überwältigend im Recht, wenn sie sich weigern, den Preis für wertlose Güter zu bezahlen, sich an den Abgründen vorbeischlängeln und dabei nicht mehr von ihrer Integrität bewahren, als ihre Konstitution ertragen kann. Die toten Opfer sind schrecklich und vergeblich gestorben, denn das Beispiel ihrer Größe wurde niemals ganz befolgt. Wo es überdauerte, wurde es in viele Splitter zerbrochen, da und dort ein winziges Fragment. Der Name Annie Gadoll, ausgedörrt wie trockener Druck auf Papier, mag eines Tages einen obskuren Revolutionär auf dem Balkan zu einer Tat bewegen. Aber Stefan, sehr wohl am Leben, genießt die duftende Zigarette, den aromatischen Kaffee.

Ich kann ihn nicht verurteilen, denn ich bin in seinem Lager, im Lager der Lebenden, die den Toten überlegen sind. Das Ende Annie Gadolls, mir so unendlich fern, warnt mich davor, mehr von anderen Leuten zu erwarten, als ich von mir selbst verlangen kann.

11. Februar

Mit Nikolaus H. gehe ich ins Rathaus, um die neuen Leute kennenzulernen. Der Stadtrat für Kultur, den wir aufsuchen, war in Dachau mit ihm, wie übrigens die meisten jener anderen Beamten, die nach und nach das

Zimmer betreten. Sie gehören allen drei Parteien an, aber die alten KZler tragen den gleichen roten Knopf am Aufschlag. Der Stadtrat – er erinnert sich an meine Eltern, die er vor dem Krieg am Stammtisch der Maler im Café Museum traf –, ist ein gläubiger Mensch, der ursprünglich mit den Christlichsozialen sympathisierte. Im Lager trat er den Kommunisten bei. In seiner offenherzigen, unverblümten Manier, mit seinem fortschrittlichen Kunstgeschmack und seiner unmethodischen Handlungsweise wird er zweifellos eines Tages mit seinen Gesinnungsgenossen Schwierigkeiten haben: inzwischen vollzieht er sein Amt mit ebensolchem Schwung wie Erfolg. Sein Vorzimmer ist voll von Bittstellern, aber Nikolaus und ich werden sogleich vorgelassen, vielleicht, weil ich dem Stadtrat Grüße von seinem alten Freund Kokoschka in London bringe. An allen Wänden hängen Bilder von OK. Ich blicke von diesem stürmischen, lustvollen Blau und Grün und Rot zu den pseudogotischen Fenstern und hinaus auf die graue Stadt und bin dankbar, den Krieg überlebt zu haben, um diese Welten vereinigt zu sehen. Doch wir finden kaum Zeit, miteinander zu reden, zuviel wird gleichzeitig amtiert und diskutiert, Sekretärinnen kommen unablässig mit Schriftstücken herein, und wenn auch jeder Angestellte und Besucher aussieht, als wäre er auf die Hälfte seines früheren Umfangs reduziert, scheinen sie doch alle von dem gleichen Gefühl heiterer Zukunftshoffnung ergriffen, das dieses Zimmer des großen, blonden tatkräftigen Mannes erfüllt.

Ich spüre, während wir ein paar Worte wechseln, die Kraft dieses Neubeginns, die Freude an der Aufgabe, jede Spur des früheren Regimes zu verwischen und die Bande mit der Außenwelt neu zu knüpfen. »Werden Sie nach Ungarn fahren?« fragt der Stadtrat. »Dann müssen Sie Béla Balács besuchen. Wenn Sie in Paris sind, tragen Sie meinem Freund T. auf, er solle mir bald schreiben. Und meinem guten Kokoschka bestellen Sie –.« Aber das Telefon klingelt, ein ehrwürdiger und ausgemergelter Musikprofessor betritt den Raum, zugleich hält ein besorgtes, aber aus großen Augen strahlendes Mädchen dem Stadtrat einen Stoß Briefe zur Unterschrift hin. Nikolaus und ich verabschieden uns und besuchen auf dem Weg hinaus noch mehrere andere Zimmer, in denen ebenso vergnügte und überarbeitete Magistratsbeamte am Schreibtisch sitzen. Volkshochschulen müssen von neuem eingerichtet werden, Orchester müssen gebildet, Ausstellungen arrangiert, Stipendien an bedürftige wissenschaftliche Institute ausgegeben und Stellungen für entlassene Kriegsgefangene und Lagerinsassen gefunden werden. Das Schlagwort vom neuen Wind, der nun weht, ist hier fühlbar verwirklicht. Ich verstehe, warum Nikolaus H.s blasses, bescheidenes Gesicht den Ausdruck eines kollektiven Stolzes trägt.

12. Februar

Abends war ich noch einmal im Bureau des Stadtrats für Kultur, um an seiner wöchentlichen Zusammenkunft teilzunehmen. Jeden Montag findet dort vor einem wechselnden, immer bunt zusammengewürfelten Publikum ein Vortrag über irgendein künstlerisches oder politisches Thema statt. Diesmal war von der zeitgenössischen Musik die Rede, und ich hörte in diesem österreichischen Kreis die Namen Walton, Britten und Bliss. Was immer ich selbst über englische Komponisten berichten konnte, sobald die Debatte eröffnet war, wurde aufmerksam entgegengenommen. Der Eifer, mit dem alle Anwesenden Aufschluß über die Entwicklung in anderen Ländern bekommen wollten, ist bewegend. Niemand wollte nach Hause gehen, und als der Hunger sie endlich heim zu ihren sauren Kartoffeln trieb, war ihnen das Bedauern, noch immer zu wenig erfahren zu haben, anzusehen.

Ein ähnliches Erlebnis habe ich heute vormittag bei einer Hofmannsthal-Matinee. Dieser Dichter und universale Geist ist während der letzten sieben Jahre totgeschwiegen worden. Jetzt besinnt man sich seiner durch eine Lesung aus den Gedichten und die Aufführung einiger Szenen aus den Versdramen. Ich sitze in einer Loge. Gegen Schluß, während jemand ein paar Worte der Würdigung spricht, berührt mich meine Nachbarin am Ellbogen und bittet mich, ihr nachher ins Foyer zu folgen. Sie ist, wie sich herausstellt, Sprachlehrerin. Meine Uniform erweckt in ihr Staunen, ja Entzücken darüber, daß eine Engländerin den Österreicher kennt und schätzt. Es klingt lächerlich, aber ich vermag nicht, sie zu enttäuschen. Indem ich wenig rede, vermeide ich, meine Identität zu verraten, während die Frau, fast mit Tränen in den Augen, mich beschwört, ihr und ihrer Freundin eine Stunde meiner Zeit zu schenken.

»Irgendeinmal, wann immer Sie wollen – wir setzen uns in ein Café. Oder dürfen Sie mit Österreichern nicht zusammentreffen? Ich kann Ihnen nicht sagen, was es für uns bedeutet, so abgeschnitten zu sein, nicht das mindeste aus England und Amerika zu hören. Wenn Sie uns nur ein bißchen davon erzählen könnten, was draußen vorgeht, wie die Menschen leben, was sie reden, was sie denken.«

Ich sage ihr, daß meine Zeit in Wien bald abgelaufen ist. Ich verspreche, sie zu treffen, wenn es mir irgend möglich ist, ihr eine Postkarte zu schreiben. Aber ich werde es wohl nicht tun. Es wird mir kaum gelingen, auf die Dauer eine Täuschung aufrechtzuerhalten, die der Anlaß ihrer freudigen Überraschung war, und so mag es besser sein, sie nicht wiederzusehen.

Später

Die Wünsche der Sprachlehrerin nach Kontakten mit dem Ausland finden Niederschlag im ›Plan‹, einer neuen Monatszeitschrift für die schönen Künste.

Jeden Dienstag nachmittag versammelt sich in einem Zimmer, dessen Fenster auf die etwas verkümmerten Ahornbäume der Ringstraße gehen, eine Reihe von Schriftstellern, Dichtern, Essayisten und Malern, um nicht nur die nächste Nummer der Zeitschrift zu besprechen, sondern alles, was sich zur Zeit auf ihren Gebieten begibt. Der Name des Verlegers ist mir bekannt. Ein Mann über fünfzig, wird er vor allem als Bruder jenes expressionistischen Schriftstellers geachtet, der nach dem Ersten Weltkrieg auf der Höhe seiner Laufbahn Selbstmord beging. Er ist von liebenswürdigem Temperament, verbindlich und voll Humor, mit einem etwas altmodischen Charme, zugleich überaus interessiert an künstlerischen Experimenten. Im Verlag, der sein eigentliches Arbeitsfeld ist, assistiert ihm ein junger Deutscher von teilweise jüdischer Abstammung, der unter den kleineren, rundköpfigen Österreichern ganz als wohlerzogener Hanseate wirkt. Obschon es in Wien derzeit üblich ist, die Deutschen nur etwas weniger als die Rote Armee abzulehnen, ist dieser hübsche, langgliedrige Junge aus Hamburg bei jedermann beliebt. Im übrigen hat mir kürzlich ein Mann, der bei jeder Gelegenheit betont, wie sehr er alles Deutsche verabscheut, heimlich anvertraut, daß während des Anschlusses eine weit engere Verbindung und echtere Freundschaft zwischen Intellektuellen beider Länder bestand, als zwischen zwei Österreichern verschiedener Denkungsart.

Auf der Redaktionskonferenz werde ich an widersprüchliche Richtungen erinnert. In der Art, wie der Verleger den Vorsitz über seine zumeist jugendlichen Mitarbeiter führt, liegt ein Hauch von Jugendbewegung und Schulreform. Aber ich spüre auch Überreste eines besonderen Cliquengeistes, der bereits der Wiener Kulturgeschichte angehört. Die Clique hat zwei bis drei Generationen umfaßt, obschon sie aus Anhängern eines einzigen Mannes bestand: Karl Kraus. Ein Meister der Sprache und Hüter der öffentlichen Moral, ein erbitterter Kritiker der Gesellschaft und ihrer Institutionen, der eingeschworene Feind der Tagespresse, hat dieser Mann mehr Liebe und Haß als die meisten seiner Zeitgenossen erweckt. Er wurde oft mit Rochefort verglichen, doch war er von komplexerer Natur. Ihm auf allen seinen Wegen zu folgen – in die Sprachmystik, in den Pazifismus, in die Vergötterung Shakespeares, Nestroys, Offenbachs, des alten Burgtheaters, in den jüdischen Selbsthaß und in die Verachtung der gesamten ›Journaille‹ – erforderte einen gewissen Verzicht auf die eigene Urteilskraft. Allen seinen Jüngern war der unausweichliche Zwang zum Wortspiel gemeinsam. Der Chefredakteur des ›Plan‹, offenbar ein alter Krausianer, trägt zwar wenig zur Debatte bei, doch würzt er seine knappen Kommentare mit einem Aufguß jenes aggressiven und polemischen Witzes, für den sein Vorbild beispielgebend war.

All das liegt auf der Hand. Doch es braucht eine kleine Weile, bevor ich einen weiteren Eindruck begreife, ein sonderbares Gefühl des *déjà vu*, das mich befallen hat, sobald ich dieses Zimmer betrat. Als schließlich ein junger Künstler seine Mappe aufschnürt, um eine Reihe abstrakter Zeichnungen hervorzublättern, über die sich alle Köpfe beugen, wird mir klar, daß diese Szene eine bloße Wiederholung ist. All das fand in Wien bereits nach dem Ersten Weltkrieg statt, als Schriftsteller, Maler und Verleger sich hektisch bemühten, in einer Zeit des Hungers und der täglichen Unruhen das kulturelle Leben in Schwung zu bringen. Damals waren es meine Eltern, die Abende lang über moderne Kunst diskutierten, in deren Wohnung junge Kubisten und Expressionisten erschienen, um mit ungeschicktem Eifer ihre Zeichenmappen auszubreiten. Man hatte Verbände gegründet wie den ›Verein der geistig Tätigen‹. Dadaistische Gedichte wurden auf Ersatzpapier gedruckt und reich illustriert, Flugblätter und Manifeste über Futurismus und Zwölftonmusik wurden herausgegeben. Der Bruder unseres Verlegers war mit all diesen Unternehmungen verknüpft.

Ich gestehe mir ein, daß nach dieser Einsicht mein Interesse ein wenig erlahmt. Ich verstehe nicht mehr ganz, wie ein Mann von Fünfzig mit solchem Enthusiasmus fördern kann, was er in seiner Jugend hat wachsen und wieder in sich zusammenfallen sehen. Ich selbst, für die der erste Krieg nicht mehr als eine Legende ist, ein Bündel vereinzelter, kaum mehr entwirrbarer Impressionen, finde es schwer, nicht an dem zu zweifeln, was hier mit solcher Inbrunst verhandelt und besprochen wird. Bisher ist an diesem Tisch kein origineller Gedanke, kein neuer Aspekt der Kunst oder Literatur zutage getreten. Die abstrakten Zeichnungen wirken abgelesen, erzwungen, nachgeahmt. Was wir zu hören bekommen, ist ein Gebräu aus alten Ingredienzien. An englische Zeitschriften wie ›Horizon‹ oder ›New Writing‹ darf ich nicht denken. Der Modernismus dieser jungen Leute ist vorerst nicht mehr als die Negation nationalsozialistischer Banalität. Dreizehn Jahre provinzieller Denkungsart haben eine Lücke in ihre Entwicklung gerissen, und sie finden eben erst dahin zurück, wo sie entstanden ist.

Trotzdem hüte ich mich, ihr Selbstvertrauen zu erschüttern oder ihre Bemühungen herabzusetzen. Ihre Versuche, den Anschluß an das übrige Europa zu finden, sind so rührend wie rühmenswert. Das Genie, auf das sie alle hoffen, steht noch aus, doch wird es sich, wenn irgendwo, aus diesem Kreis entwickeln.

13. Februar

Von den tastenden Experimenten dieser Jugend zu einem Mann, der in all den Jahren, durch Krisen, Krieg und Bombardement, unbeirrt vor sich hin gemalt hat, wie es seinem eigenen starken Ausdruckswillen entsprach.

Ich kannte Dobrowsky vor dem Krieg, als die meisten meiner Freunde bildende Künstler waren und mir die Malerei eine höhere, für mich unerreichbare Stufe der Mitteilung schien. Ein kleiner, schmaler, rastloser Mensch, dunkelhaarig, von slawischer Herkunft, eben darum ganz ein Wiener, war er von jeher völlig von seinem Beruf absorbiert. Er ist, was man in England einen ›painter's painter‹ nennt – selbst in einem Metier, das so voll Eifersüchteleien steckt, bei all seinen Kollegen geachtet und beliebt. Von seiner Kunst besessen, ein primitiver Mann mit einer komplizierten Seele, hat er keine Fähigkeit zur rationellen Erfassung dessen, was er schafft. Dennoch entwickelt er, wie so viele Maler, Theorien über seine Bilder und führt nebulose Reden, in denen zuweilen richtige Erkenntnisse überraschen, über den mystischen Urgrund der Malerei. All das geht in raschem Wiener Dialekt vor sich, den kein Fremder verstehen würde, und wird von Seufzern über seine Leiden unterbrochen – nicht die materiellen freilich, sondern die unausweichlichen des Schöpfungsakts. Seine überaus geduldige Frau, die er liebt, deren unansehnliches Aussehen er aber offenkundig bedauert, hält Wohnung und Atelier in steifer, kleinbürgerlicher Zucht. Dobrowsky ist mit dem Wort Fauvist am ehesten, weil am ungenauesten charakterisiert. Er hat ein zeitloses Gefallen am Widerspiel von Licht und Schatten, am Kontrast herbstlicher Farben, an den kremigen Tönen der Gouache. Seine Malerei kann nicht veralten, weil die Kraft einer wahren Persönlichkeit sie trägt.

Ich finde ihn dabei, wie er auf den Steinboden seines ungeheizten Ateliers stampft und über die neuesten Vorgänge an der Kunstakademie tobt. B., ein Maler von gleichem Ruf wie er, ist trotz seiner guten Beziehungen zu dem gestürzten Regime nicht nur Präsident an jenem Institut, sondern soeben auch Leiter der Malerklasse geworden. Mich erstaunt weniger dieser als jener Tatbestand. Wie konnte sich unter einem Diktator, der sich selbst zum Kunstrichter machte und befahl, daß Wiesen grün und Wasser blau gemalt werden sollten, ein eigenwilliger Künstler wie B. – aus dem Expressionismus hervorgegangen – die öffentliche Gunst bewahren? Dobrowsky erwidert, daß der österreichische Reichsstatthalter Schirach, ein Mann von einigem Geschmack, entgegen höherem Befehl ein Maß an künstlerischer Freiheit geduldet hat. Mit Ausnahme der Abstrakten wurde der Wiener Malerschule kein Hindernis in den Weg gelegt.

»Aber ein Mann wie B.!« ruft mein Freund und zerrt an seinem Wollschal. »Jetzt hofiert er der Volkspartei. Reaktion! Korruption! Eine Affenschande!« Wie ein Gnom schießt er zwischen seinen Leinwänden hin und her, rückt sie ins Licht und dreht sie wieder zur Wand, als wäre er mit jeder unzufrieden. Ich warte, bis er sich beruhigt hat, und bitte ihn dann, mir seine letzten Werke zu zeigen. Schweigend, fast widerwillig, stellt er sie vor mich hin. Die Porträts sind frappant wie früher, seine

Winterlandschaften haben die Finalität Cézannes. Am meisten gefällt mir das Stilleben eines Fisches, der nach Dobrowskys Worten, während er ihn malte, die giftige Farbe des Gottseibeiuns angenommen hat.

»Den Fisch hat uns einer in der Donau gefangen«, sagt er. »Aber ich hab ihn meiner Frau aus der Hand gerissen, er war zu schön. Da ist er glegen, aufm Teller, ist immer grüner und schillernder worden, hat mich aus rotgeränderten Augen angesehen. Plötzlich hab ich gewußt, das ist der Beelzebub persönlich. Aber meine Frau – nichts zu essen im Haus, und ich wart drauf, daß der Fisch in Verwesung übergeht! Ist das beste Bild aus der letzten Zeit geworden, meinen Sie nicht?«

Schließlich eröffnet er mir unvermittelt sein Herz über die Rote Armee. Als sie heranrückte, erzählt er mit gedämpfter Stimme wie ein Schauermärchen, nahm selbst der Himmel einen östlichen Farbton an. Ein fahles Ockergelb lag in der Luft, der Schwarzenbergplatz schien sich zu dehnen und in die russische Tiefebene hinüberzureichen. Endlich waren, in ihren hohen Stiefeln, in ihren weiten, taillierten Militärmänteln und ihren Schafsfellmützen, die Sieger einmarschiert und hatten die Stadt in eine unbekannte, furchterregende Landschaft verwandelt. Dobrowsky hob die Arme. Und dann: die Schreie und Hilferufe aus den Kellern, das unaufhörliche Schießen, nachts noch lauter vernehmbar von der anderen Seite der Donau, wo man Lagerhäuser plünderte, Frauen jagte, Männer bis aufs letzte auszog und bestahl.

»Wie haben wir auf die Erlöser gewartet, die Freiheitsbringer! Ich mit meinem slawischen Herzen war bereit, sie wie meine Brüder zu empfangen. Und mit mir so viele, ihre alten Genossen. Und dann die Enttäuschung! Da war eine Kommunistin, die Mutter von mehreren Kindern. Während dem Krieg hat sie ihr Leben für die Sache aufs Spiel gesetzt. Und was ist gschehen? Nach dem Einmarsch haben sie vier Russen nacheinander vergewaltigt. Die Kinder waren nebenan eingesperrt. Wissen Sie, was die nachher gmacht hat? Die hat sich, weil sie ihren Glauben verloren hat, vor Ekel umgebracht.«

Ich verabschiede mich, bedrückt vom Ende unseres Gesprächs. Wie immer, wenn von sowjetischen Greueltaten die Rede ist, muß ich an den Augenblick denken, in dem wir in England erfuhren, daß Hitler in Rußland einmarschiert war. »Wir haben den Krieg noch nicht gewonnen, aber wir können ihn nicht mehr verlieren«, hieß es damals überall. Mir hat die Rote Armee das Leben gerettet. Wie soll ich sie in Bausch und Bogen verdammen, weil sie im Feindesland Übles mit Üblem vergilt?

Später

Die Geschichte von der Kommunistin geht mir freilich nahe, wenn auch nicht zum ersten Mal – ich habe sie bereits im Haus von Peter S. gehört. Sie enthält das Grundelement der griechischen Tragödie, die krasse Schicksalhaftigkeit des Irrtums, in dem ein Vater von seinem Sohn, ein Kind von seiner Mutter getötet wird. Vom Standpunkt ihrer eigenen Ideologie gesehen, entbehrt der Selbstmord jener Frau allerdings der Logik. Sie hätte ihren Glauben an die Sache nicht aufgeben müssen, nur weil ein paar betrunkene russische Soldaten sich barbarisch benahmen. Ihr physischer Abscheu war stärker als ihre Fähigkeit, zu rationalisieren. Das weist auf die Mängel eines Denksystems hin, das sich auf die menschliche Vernunft stützt, aber nicht einmal seine eigenen Anhänger davon abhalten kann, im Extremfall allein der eigenen aufgewühlten Emotion zu gehorchen.

14. Februar

Ich habe einen konsequenteren Interpreten des Kommunismus in Ernst Fischer kennengelernt, bis vor kurzem Unterrichtsminister in der ersten, ›provisorischen‹ Regierung.

Der Sohn eines aktiven Militärs in Graz und Enkel eines Generals, tat sich in den Zwanzigerjahren in der Wiener Sozialistischen Jugendbewegung hervor und war in einer Gruppe von jungen Leuten, zu der ich später stieß, überaus geachtet. 1933 war ich, als Hitler in Deutschland zur Macht kam, der Sozialdemokratischen Partei beigetreten. Dort traf ich, auch in gemeinsamer Arbeit am Wirtschaftspsychologischen Institut der Universität, eine Anzahl von Studenten und Absolventen, die sich als die kommende Generation in der Partei ansahen. Als ein Jahr später die gesamte Linke im Bürgerkrieg hinweggefegt wurde, gingen viele meiner Freunde ins Exil, in die Tschechoslowakei, nach Frankreich oder England. Ernst Fischer, dem ich nie begegnet war, floh mit seiner Frau in die Sowjetunion. Jahrelang hörte man nichts von ihnen; auch als einige der deutschen und österreichischen Emigranten in die Affäre Radek verwickelt wurden, tauchten ihre Namen auf den Listen nicht auf.

Während des Krieges vernahm man Fischers Stimme über den deutschsprachigen Sender in Moskau. Nach der Befreiung kehrte er in sein Land zurück und setzte seine politische Laufbahn fort. Als nunmehriger Kommunist erscheint er den anderen Gruppen im Parlament als gefährlicher Gegner, ein Mann, der mehr als jeder andere jenes Prestige zu heben vermag, das seine Partei durch die Ausschreitungen der Roten Armee weitgehend eingebüßt hat. Im Nationalrat zeigt er sich als Politiker von großem Geschick. Seinen Ministerstuhl freilich hat er rasch wieder verloren. Über Entwicklungen in seinem ehemaligen Wirkungsbereich äußert er sich denn auch mit einiger Bitterkeit, als ich ihm, im Zuge meiner Recherchen für den ›New Statesman‹, im Sitz seiner Partei besuche.

»Niemand zweifelt daran«, sagt er, »daß das Erziehungswesen der Schlüssel zur Zukunft ist. Aber unsere Schulen, vor allem die Mittelschulen und Universitäten, sind in einem hoffnungslosen Zustand. Während ich im Amt war, haben wir fünfzig Naziprofessoren an der Wiener Universität entlassen oder pensioniert. Es war zu wenig, aber es war ein Anfang. Jetzt ist alles ins Stocken geraten. Wir haben nicht genügend Lehrer, darum will man die alte Garde wieder in ihre Stellungen setzen. Emigrierte Professoren ruft niemand zurück. Die Akademiker waren fast vollständig zu Hitler desertiert. Noch immer sitzen Parteigenossen an den höchsten Orten. Das Porträt des Rektors an der Hochschule für Welthandel zum Beispiel trägt einen frischen Farbfleck, wo sein Parteiabzeichen kürzlich übermalt worden ist.«

Ein Mann Anfang Vierzig, sichtlich unterernährt, mit tiefliegenden Augen und einer hohen Stirn, von der das Haar bereits gewichen ist, gleicht er mehr einem Gelehrten als einem Politiker oder Staatsmann. Seine politischen Schriften, soweit ich sie kenne, sind nicht frei vom atemlos-flamboyanten Stil der Parteiorgane. Im persönlichen Gespräch erscheint er völlig ehrlich, vor allem, wenn er seinen Wunsch nach einem Kompromiß mit den anderen Parteien betont. Er wäre gern, so sagt Fischer, zu einem Einverständnis mit den Sozialisten gekommen, wie es sich in Polen, Ungarn und der Tschechoslowakei herausgebildet hat. Aber seine Hoffnung darauf ist gering. Seiner Meinung nach haben sie die Sowjetbesatzung verärgert, so lange noch Konzessionen erreichbar waren, und dadurch Lasten, die Österreich jetzt aufgebürdet werden, unnötig verschärft. Seine Partei verträgt sich besser mit der politischen Rechten, in der man rechtschaffene Männer mit deutlich erkennbaren Zielen findet – Differenzen sind hier leichter zu bereinigen, eine Übereinkunft stellt sich müheloser ein.

Eine Stunde lang ventiliert er alle kommunistischen Beschwerden gegen seine Landsleute und die westlichen Alliierten. Da ist die ›Herrschaft der Baroninnen‹ in der britischen Zone, wo ihm zufolge reaktionäre Aristokraten das Vertrauen führender Besatzungsoffiziere gewonnen haben. Da ist die Bedrohung Titos und seiner istrischen Ansprüche – vor allem durch vier alliierte Divisionen in Norditalien und das polnische Korps des General Anders im Umfang von 80 000 Mann. Große Mengen verschleppter Personen genössen im Westen Vorzugsrationen, obwohl sich viele von ihnen zu faschistischen Banden zusammengetan hätten. Dunkle Elemente unter den Österreichern hätten sich nach Salzburg und Tirol abgesetzt. Schließlich, als schlimmstes Zeichen unbotmäßigen Verhaltens, gebe es da einen wohlbekannten Bankier und Industrialisten an der Spitze der von Tito gesuchten Kriegsverbrecher, der seelenruhig in Wien sitze, als Leiter des ersten österreichischen Bankkonzerns.

Ich kenne längst – obschon ich sie hier nicht vorbringe – die Gegenargumente. Fischer selbst hat die Vergehen der Roten Armee nicht geleugnet. Berichte über Schutz- und Rechtlosigkeit in der Sowjetzone, über Hungersnöte in deren Städten, während die Winterkartoffeln in Schnapsdestillerien weggeschleppt werden, sind die Kehrseite seiner Anschuldigungen gegen die Baroninnen-Wirtschaft. Aber die große Kontroverse zwischen den Alliierten, in der die heftigste Kritik an der Sowjetpolitik in Österreich geübt wird, kündigt sich erst an. Die Verteilung der Ölvorkommen in Zistersdorf, wie auch die des ehemals deutschen Besitzes, wird in jeder Sitzung des Alliiertenrates mit größerem Nachdruck debattiert.

Und was soll ich davon halten, daß Ernst Fischer die rechtschaffenen Männer der Rechten seinen Kameraden von der anderen marxistischen Partei vorziehen zu müssen meint? Freilich haben, wie ich wohl weiß, die österreichischen Sozialisten zwar ihre Anhängerschaft, aber nicht ihre Intelligenzschicht wieder aufrichten können. Aus jener ›kommenden Generation‹ von vor zwölf Jahren sind die wenigsten aus dem Exil zurückgekehrt. Die derzeitigen Parteiführer sind ehrenwerte, aber wenig durchschlagskräftige alte Männer, und das Parteiorgan scheint von kleinlichen Fehden durchsetzt. Dächte ich daran, mich wieder in meiner Heimat anzusiedeln, brächte ich noch den Willen zu politischer Betätigung auf, ich würde wohl trotz allem den Sozialisten beitreten – wenn auch schweren Herzens und lediglich aus dem unzureichenden Grunde, daß kein anderes Programm mich mehr überzeugt.

Später

Aber ist das Niveau nicht überall gesunken? Weht der Atem der großen Welt noch in diesem Land? Daß Ernst Fischer bei seinen eigenen Gegnern und den meisten Auslandskorrespondenten als der klügste Politiker in Österreich gilt, spricht nicht nur für ihn, es spricht auch gegen seine Zeitgenossen.

Es war ein langsamer Niedergang – wer weiß, ob er wirklich erst 1934 begonnen hat? Vielleicht waren jene Weltoffenheit und Urbanität, die wir in den späten Zwanzigerjahren in uns spürten, nur Überreste des alten Imperiums, in dem die Winde von Polen bis Spanien bliesen, von Brüssel bis Triest? Wir waren in gewissem Sinn die letzten Erben Karls des Fünften. Wenn der kosmopolitische Geist und das Bewußtsein einer concordia discors in uns erlosch, dann war, was nach uns kam, zu parochialer Bedeutungslosigkeit bestimmt.

Gewiß gingen alle äußeren Anzeichen der Größe verloren, als Österreich nach dem Ersten Weltkrieg in seine engsten Grenzen zurückwich – ein kleiner, kopfschwerer Staat mit einer hypertrophen Hauptstadt. Trotzdem hätte die neue Republik sich eine Größe abstrakter Art bewahren können, denn es gab in ihr genug Talent, Gelehrsamkeit und Tradition, um sie ehrenhaft in der europäischen Kultur zu verankern. Ein Maß von wirtschaftlicher Integration mit den anderen Donaustaaten hätte sie retten können. Als schöpferisches Gehirn in einem gefügigen Körper hätte Wien die idyllische und produktive Provinz regiert. Wir, die wir in unseren Literatencafés saßen und zehn Monate lang die akademischen Seminare füllten, um die restlichen zwei in ländlicher Einfachheit zu verbringen – wir in unserem Versuch, geistige und künstlerische Verfeinerung mit Naturverbundenheit zu vereinen, hatten vielleicht die richtige Balance angestrebt. Aber was hilft es? Wir haben versagt. Unaufhaltsam war die Provinz vorgerückt und hatte die Hauptstadt überschwemmt mit ihren *mœurs de campagne*, ihren bäuerlichen Vorurteilen und Forderungen, bis aus dem weitest entfernten Teil der Republik Hitler hervorkam und das Ganze verschlang.

Abends

Im verhangenen Licht des Nachmittags gehe ich, nachdem ich Ernst Fischer verlassen habe, zur Universität. In diesem undurchsichtigen Grau tragen die grauen Häuser von Wien einen Ausdruck der Trübsal, verschärft durch den Wind, der durch die kahlen Bäume pfeift und die letzten geschwärzten Schneehaufen frösteln macht. Vielleicht ist dies der rechte Augenblick, in das schieferfarbene, trostlose Gebäude einzutreten, dessen Insassen, Studenten wie Professoren, in diesem letzten Jahrzehnt der Vernunft so übel dienten. Doch sobald ich die Stufen heraufgestiegen bin, habe ich keine Lust mehr, weiter ins Innere zu dringen. In der Loge des Pedells hole ich mir ein Vorlesungsverzeichnis des laufenden Semesters und sehe, während ich darin blättere, ein paar hungrige und unbekehrt wirkende junge Leute vorübergehen. Aus den zugigen Korridoren, von der Freitreppe her, stürzen mir meine Jahre entgegen – gekrönt von dem Tag, an dem ich, mit Blumen überhäuft wie eine Braut, aus dem Tor und über die Straße hinweg in jenes Studentencafé schritt, wo die Kellner, von dieser wie jeder Promotion unterrichtet, mich unisono als Frau Doktor begrüßten.

Aber davor, der gräßliche Moment, der einzige Zwischenfall dieser Art, den ich je miterlebte, als eine Gruppe von Rohlingen den jüdischen Studenten mit Stiefeltritten die Stufen der Universität hinunterstieß! Ich sehe immer noch – denn keine andere Szene von solcher Grausamkeit hat sich dazwischengeschaltet –, wie der bleiche, schwarzhaarige Junge viele Sekunden lang über die Treppe rollte und zu Boden fiel, wie er dann weghinkte und mit seinen Händen seinen Kopf umklammert hielt, von dem ein kleines rotes Rinnsal tropfte. Ein Polizist erreichte ihn schließlich und führte ihn ab, während seine Angreifer sich höhnisch lachend in den Schutz ihres sakrosankten Gebäudes begaben.

Und noch weiter zurück, die lange Folge der goldenen Frühvormittage, wenn ich fünfmal die Woche um neun Uhr zur philosophischen Vorlesung kam. Immer schien die Sonne – es war zu Anfang der Dreißigerjahre – durch die gefleckten Ahornbäume des Rings, die Luft war lau und nur von einem leichten Windhauch bewegt, die Fenster des Hörsaales standen offen und ließen den Klang von Kirchenglocken oder das metallene Geklingel der Straßenbahnen ein. Dann betrat, ein akademisches Viertel nach der Stunde, Professor Schlick den Raum. Frisch von seinem Morgenritt durch den Prater, seiner einzigen Entspannung, schritt er auf das Podium, gehüllt in eine Aura der Güte, Weisheit und Würde, die geradenwegs aus dem England des achtzehnten Jahrhunderts zu kommen schien. Seine wahlverwandten Geister wohnten in der Tat jenseits des Kanals: Russell und Whitehead waren mit den gleichen Überlegungen befaßt. Ein Denker von durchsichtiger Klarheit, ein Gentleman und der bescheidenste Mensch, den ich jemals kennenlernte, wurde er von allen verehrt, deren metaphysische Spinnweben er wegblasen half, um sie dann in geduldiger logischer Analyse den Weg fruchtbaren Philosophierens zu lehren.

Sein Ende war bezeichnend. Im Sommer 1936 wurde Moritz Schlick auf der Freitreppe der Wiener Universität von einem überspannten Studenten völkisch-mystischer Gesinnung erschossen – einem Individuum, das bereits um vieles typischer für Österreich war als der große und edle Mann, der durch ihn starb. Nicht nur diese Tat, auch die Art und Weise, wie im Zuge des Prozesses das Gedächtnis des Philosophen durch die nationale Presse besudelt und der Mörder schließlich in eine Nervenheilanstalt abgeschoben wurde, aus der ihn alsbald die Nazis befreiten, mußte uns allen Glauben an die Gerechtigkeit der österreichischen Justiz rauben. So kam, unter einem immer dunkler werdenden Himmel, von unheildrohendem Wetterleuchten durchzuckt, die Liebe und Treue zu unserem Land immer mehr ins Schwinden. Wenn der Februar 1934 ein erster Anstoß für mich gewesen war, meine Heimat zu verlassen, dann bekräftigte der Mord an Schlick meinen Entschluß.

15. Februar

Aber was ist übrig?

Es gibt Augenblicke, in denen ich mich frage, ob in dieser Stadt etwas Lebendiges und Gegenwärtiges besteht, das ich rückhaltlos bewundern kann, das nicht wie ein Schwamm vollgesogen ist mit Vergangenheit oder erst erfüllt von einem schwachen Hoffnungsschimmer der Zukunft. Die Kräfte der Vernunft liegen verschüttet unter vielen Schichten von Trümmern, Verwesung und Verfall, und es scheint ein langwieriger und schwieriger Vorgang, sie wieder auszugraben. Andere Kräfte haben sich freilich dicht unter der Oberfläche erhalten: man stößt plötzlich auf sie, wie man auf einer Bombenruine Blumen unter dem Unkraut entdeckt. Heute morgen ging ich durch das zerstörte Ende der Kärntnerstraße, vorbei an einigen stiefeltragenden Spaziergängerinnen in Pelzen und Tirolerhüten, als mir eine frischgekalkte Fassade ins Auge fiel. Ich trat ein – es war eine kleine Ausstellung kunstgewerblicher Gegenstände – und fand mich überwältigt von der Schönheit, die mir entgegenschien. Da waren Holzschalen und Gläser von vollendetem Entwurf, da waren hunderterlei Dinge von Porzellan bis zu Stühlen und Geweben und Luster, die eine Einfachheit der Form und Anmut der Farbe zeigten, wie ich sie seit Jahren nicht sah. Wenn ich an die Greuel des englischen und französischen Kunsthandwerks denke, an das Mobiliar oder die Beschriftung der Pariser Cafés, an die Muster der Stoffbezüge in der Londoner Untergrund oder den englischen Eisenbahnen, dann erfreue ich mich desto mehr an dieser Auferstehung des Wiener Geschmacks.

Es gibt, natürlich, immer noch die Oper. Sie ist aus ihrem zerstörten Haus am Ring ausgezogen und spielt jetzt in dem kleinen, aber weit älteren und reizvolleren Theater an der Wien, in dem einst die Uraufführung des ›Fidelio‹ stattfand. Margaret, mit der ich vor zwei Wochen nach Wien kam, begleitet mich zu einer Vorstellung von ›Otello‹. Niemals, erklärt sie mit glühenden Wangen, hat sie ein Ensemble von so makelloser Vollendung, ein Orchester von solcher Brillanz und Präzision wie die Philharmoniker gehört. Viele englische Offiziere und Soldaten im Publikum haben sich bereits in Neapel, Rom und Mailand der Oper zugewendet. Selbst diese neuen Fachleute, von San Carlo und der Scala verwöhnt, halten mit ihrem Lob nicht zurück. Immer noch zieht die Wiener Staatsoper Talente aus allen Teilen Europas an – neben deutschen Sängern gehören Jugoslawen und Bulgaren zum Ensemble –, und ein anspruchsvolles Publikum verlangt und erhält die beste Qualität. Unlängst hat man mir von einer großen Sopranistin erzählt, die nach einem einzigen verfehlten hohen C zur Pensionierung gezwungen wurde.

Die Musik wird hier ernster genommen als alle Ereignisse in Gesellschaft, Wirtschaft, Politik. Opernaufführungen bringt man eine Anteilnahme entgegen, die man anderwärts den Staatsgeschäften widmet, und wenn es im öffentlichen Leben an Begabungen mangelt, so werden doch Sänger und Musiker dauernd durch noch bessere Kräfte ersetzt. Sogleich nach der Befreiung wurden die Oper und Schauspielhäuser wieder geöffnet, die Rote Armee teilte Vorzugsrationen an alle Mitwirkenden aus, und schwarze Schafe in ihren Reihen wurden mit besonderer Nachsicht behandelt – später nahmen alle außer den amerikanischen Alliierten die gleiche tolerante Haltung zu den Künstlern ein. Einen ›Otello‹ wie diesen hätte ich gewiß nirgends auf Erden schöner hören können, und die Akustik des Rokoko-Hauses ist wärmer und intimer als jene am Ring. Es ist mein eigener Schade, daß mir das frühere Gebäude in all seiner grotesken Gründerzeit-Architektonik noch zu sehr in Erinnerung ist. Vergeblich horche ich beim Applaus auf das entfernte Getöse von der Vierten Galerie, auf die Beifallsstürme der Claque und die wilden Rufe nach Sängern und Dirigenten. Dort oben, wo jetzt alles in

Schutt und Asche liegt, hatten meine Eltern, beide noch nicht zwanzig, in einem wagnerischen Rausch zueinander gefunden, dem mehrere Jahre später mein germanischer Vorname zu verdanken war.

Kein Dirigent ersten Ranges vermag zur Zeit die jugendliche Begeisterung zu entzünden, denn Bruno Walter und Klemperer bleiben im Ausland, indes vorläufig weder Furtwängler noch Clemens Krauss, noch jenes in der Zwischenzeit entdeckte Genie, Herbert von Karajan, das Podium betreten darf. Die Wiener Philharmoniker, trotz ihrer bekannten Unabhängigkeit – »Was Herr B. heute dirigiert? Keine Ahnung, *wir* spielen die Achte Bruckner« –, bedürfen dringend eines überragenden Chef d'orchestre. Bei aller Süße ihrer Streicher und Geschmeidigkeit ihrer Bläser entbehren sie der großen Erscheinung, die ihnen ihren Willen aufprägt und aus der Summe der Teile ein Ganzes formt.

16. Februar

Ich habe in der vergangenen Woche zwei Theaterstücke gesehen, das eine alt, das andere neu, aber beide von gesellschaftlichen Verfallserscheinungen durchwoben – Egozentrik, Überfeinerung, Introspektion. Hofmannsthals ›Der Schwierige‹, in eine über den Ersten Weltkrieg hinaus verlängerte Habsburgerära verlegt, zeigt die Todeszuckungen einer Menschenschicht, die sich in den Schlingen ihrer eigenen Preziosität verfangen hat. Wo die Wirklichkeit zu laut und derb erscheint, wo das Gefühl sich dauernd vor dem Tageslicht des Ausdrucks verkriecht, wird der soziale Umgang in ein Menuett von Somnambulen verwandelt. Das gute Ende, in dem der anspruchsvolle Graf und die wortkarge Komtesse zueinander gelangen, ist weit von der Wahrheit entfernt. Der Lauf der Geschichte hat ihnen die glückliche Lösung nicht zugebilligt.

Es gibt auch keinen rettenden Ausweg für das liberale Bürgertum, wie es in dem anderen Drama, Hans Weigels ›Barrabas‹, geschildert wird. Hier sieht man einen erfolgreichen Fünfzigjährigen, einen modernen Jedermann, sein Jüngstes Gericht in einer traumbeladenen Nacht erleiden. Im Rückblick auf ein Leben, zerstört durch eigene Selbstsucht und Herzensträgheit – so hat er nicht die arme Geliebte geheiratet, sondern in Freudianischem Zwang ein Spiegelbild seiner gräßlichen Mutter –, wälzt er einen Alpdruck von sich, um zuletzt Erlösung zu erlangen. Doch wieder überzeugt der Ausgang nicht. Seine Existenz war verfehlt: in der Realität wäre ihm jede Möglichkeit versagt, sie gleichsam noch einmal ins reine zu leben. Weigels Stück ist, wie man hört, von der kommunistischen Presse verworfen worden – eine törichte Haltung, denn wenn es auch nicht vom Aufstand der Massen kündet, so doch vom Niedergang der Bürgermoral, der jenen auszulösen droht.

Ein Gefühl des inneren und äußeren Zerfalls, wie er diese beiden Dramen erfüllt, kennzeichnet die österreichische Literatur der letzten fünfzig Jahre. Der verschwenderische Erbe ist eine Hofmannsthalsche Leitfigur. Mir fällt kein großer Schriftsteller seiner oder der darauffolgenden Epoche ein, dem die Gegenwart oder die Zukunft etwas bedeutet hätte. Was immer aus diesem Winkel Europas kam, ist, wie Musil, mit der Vergangenheit im Bunde gewesen, oder, wie Kafka, abgewandert in die Irrealität und Allegorie. Hier gibt es keine Anhänger der angelsächsischen rauhen Lakonik oder Sozialsatire; im schlimmsten Fall artet Wirklichkeitsnähe in einen unwahren Blut- und Bodenrealismus aus.

Nachts

Es ist merkwürdig, wieder in die Häuser hineinzusehen, jene Wohnungen reicher Leute zu besuchen, die von englischen Interieurs so grundverschieden sind. Ich hatte sie längst vergessen, die allzu komplette Barock- oder Biedermeier-Atmosphäre, jeden Stilbruch vermeidend bis zur Unbequemlichkeit, mit gestreiften Sofas und sanft geschwungenen Kommoden, silbernen Wandarmen und silbergerahmten alten Stichen, auf dem Bücherbrett die wurmstichige Madonna mit roten und blauen Farbresten im herrlichen Faltensaum. Diese Art von Haus oder Wohnung war mir in meinen jungen Jahren verhaßt, ich hatte damals nur funktionelle Möbel dulden wollen. Um die Dreißig, abgestoßen von den allzu zweckmäßigen Behelfen der Kriegsgewalt, begann ich mich wieder nach graziöseren Formen zu sehnen. Ich fand sie in den legeren Wohnräumen meiner Londoner Freunde, mit ihren wenigen alten Stücken, ihren chintzbezogenen komfortablen Chesterfields und Fauteuils. Der museale Prunk, wie ich ihm hier zuweilen in Privathäusern begegne, verrät einen Anspruch, der in keinem Verhältnis zu den menschlichen Vorzügen der Eigentümer steht.

In einer solchen Wohnung verbringe ich den heutigen Abend. Ihre unpersönliche Perfektion hat mich geärgert, sowie ich eintrat, auch minderten die Bücher ehedem verbotener Autoren auf den Regalen – »wir haben sie niemals entfernt, jeder konnte sie bei uns sehen« – mein Mißtrauen gegenüber der Integrität ihrer Besitzer nicht. Ich wurde ihnen durch eine berühmte Schauspielerin vorgestellt, deren jüdischer Gatte, ein Musiker, sein Leben ihrem Ruhm noch mehr als ihrer Loyalität verdankt. Um die Künstlerin zu schonen, die Abend für Abend die Kriegsstimmung durch ihr superbes Spiel überwinden half, hatte man darauf verzichtet, ihren Mann zu deportieren, und ihn statt dessen in eine Waffenfabrik gesteckt. Unsere Gastgeber hatten das Regime, unter dem sie offenbar gediehen, nicht allein durch ein paar verbotene Bücher herausgefordert – sie hatten sich auch während all der Jahre freundlich zu dem verstoßenen Außenseiter gezeigt. Heute abend ist er als Ehrengast eingeladen. Vor einem kleinen Kreis wird der ›Enoch Arden‹ von Richard Strauss vorgetragen. Der Musiker spielt ihn auf dem Klavier, indes seine Frau die Ballade liest.

Nie zuvor habe ich die Tücken des österreichischen Nachkriegslebens so deutlich gespürt. Wenn ich die Probe aufs Exempel mache, was mit uns allen geschehen wäre, falls Deutschland den Krieg gewonnen hätte, dann fällt mir auf, daß nur der Ehrengast, ich und ›Enoch Arden‹ dieser heiteren Runde ferngeblieben wären. Alle anderen hätten von Hitlers neuer Ordnung profitiert. In diesem Augenblick scheinen die Kristall-Girandolen aggressiv zu glitzern, die dramatische Tirade der Schauspielerin gewinnt einen unheildrohenden Ton, und die knochigen, ausdrucksvollen Finger des Pianisten, die über die Tasten gleiten, vollführen den *danse macabre* der Gaskammer, der sie mit so knapper Mühe entronnen sind.

17. Februar

Sonntag morgen, blauer Himmel und ruhige Luft, die den Atem anzuhalten scheint, bevor die Märzwinde zu brausen beginnen. Nach dem Frühstück fahre ich mit Sam B. in den Wienerwald. Ein Tag zwischen Winter und Frühling. Vorfrühling – eine Jahreszeit, die mehr als jede andere zu diesen sanften Hängen gehört, so daß man in der Sommerhitze, im traubenbehangenen Oktober, immer dazu neigt, an ihr blasses zögerndes Grün zu denken. Schmelzender Schnee sickert in kleinen Rinnsalen zwischen den Bäumen herab, der Wald wird lebendig in summenden, rauschenden, glucksenden Geräuschen, Eiszapfen fallen, und Wasser tropft; da und dort stehen im Moos schon Schneeglöckchen und blaue Leberblümchen. Schräge Sonnenstrahlen. Wo man auftritt, gibt der Boden nach; ein dünner Belag, wie auf einer zugefrorenen Pfütze, muß erst eingedrückt werden, bevor der Fuß ins nachgiebige Erdreich sinkt. Der Geruch von nassem, schwarzem Humus dringt durch, aber man spürt noch eine letzte Schärfe, die kühle Warnung vor der noch winterlichen Nacht.

Sam und ich haben den Wagen in einer verbreiterten Kurve stehengelassen und gehen langsam bergauf. Kleine Gruppen von Menschen sammeln sich vor der zerbombten Kirche am Gipfel, andere steigen zur Aussichtswarte, wie wir auch. Tief unten zu unserer Rechten liegt die Stadt im Dunst, in ihrer Mitte der Stephansturm, zur Linken grau und gelb schimmernd die Donau; ihre Eisschollen treiben über die eingestürzten Mittelteile der Brücken hin. Vor der Kirche, zu der wir uns nun wenden, haben mehrere Jeeps angehalten. Französische Soldaten sind mit ihren Mädchen angekommen, um die Ruine zu photographieren. Man hört Gelächter und Geschrei, die Mädchen posieren auf dem Geröll des hübschen Barock-Baus, die Soldaten bringen sie zum Kichern, die Kameras machen klick-klack, und die Mädchen springen herunter in die Arme der Soldaten. Die Sonne scheint wärmer, der Schnee verwandelt sich rasch in Matsch, und leichtfüßig trotz ihrer schweren Pelzstiefel von Lillywhite's am Haymarket tänzelt uns Gwenol, die reizende, verhuschte Frau unseres Obersten im Pressequartier entgegen. Wir beginnen alle auf einmal zu reden, wir bewundern den Morgen und den Wald, wir sind wie betrunken, das muß die Sonne sein und die Luft, dann wandern wir zwischen den Bäumen hinab, vergleichen die Landschaft mit North Wales und zitieren Keats mit seinen »verdurous glooms and winding mossy ways«. Ach Rettung, ach Vernunft! Schmerzloses Ineinandergleiten meines früheren und meines jetzigen Lebens, die in den letzten Tagen so beunruhigend auseinandergebrochen waren. Halb beendete Sätze. Andeutungen. Vieles mit Absicht ungesagt.

Schweigende Lust an der Stunde und an dem Ort. Ein Augenzwinkern, sich Zunicken, mehr nicht. Zurück in der englischen Welt.

Wir rollen mit abgestelltem Motor die gewundene Hügelstraße entlang und reden vom Land, von der Steiermark, von Kärnten.

»Warum fährst du nicht ein paar Tage hinunter?« fragte mich Gwenol.

Warum wirklich nicht? Wenn es nicht eine heimliche, unheimliche Angst ist, daß in Kärnten meine Kräfte zur Distanzierung mich vollends verlassen.

20. Februar

Der anglo-amerikanische Ausschuß für Palästina tagt in der Stadt. Man wendet sich von den österreichischen Sorgen denen der verschleppten Juden zu. Ich berate mich mit Richard Crossmann, Mitglied des Komitees und Redakteur jenes ›New Statesman‹, der mich nach Wien geschickt hat.

Ursprünglich pro-arabisch, hat er in den letzten Wochen soviel Elend unter den jüdischen Lagerinsassen gesehen und sich so eingehend mit ihren Problemen befaßt, daß er an nichts anderes denken kann. Von hier aus fliegt er nach Palästina. Mich beschwört Dick, wie immer von bewundernswerter Eingeleisigkeit, wenn ihn ein Thema packt: »Vergessen Sie das ganze Wien! Es gibt nur eine Story zur Zeit, das sind die Juden. Sie wissen doch, daß eine organisierte Marschroute von Polen und dem Balkan zuerst nach Westen und dann nach Süden geht. Wir fahren vorerst noch ein paar Tage in den Lagern der Zone herum. An Ihrer Stelle täte ich das gleiche. Dann kommen Sie nach Wien zurück und informieren sich genauer im Rothschild-Spital. Ende dieser Woche machen wir eine Pressekonferenz, auf der das Komitee seine österreichischen Erfahrungen bekanntgibt. Dann haben Sie alle Einzelheiten für Ihren Bericht.«

Abends nehme ich den Militärzug nach Klagenfurt, die Hauptstadt von Kärnten. Ich bin allein im Schlafwagen, die Armee reist bequem. Nebenan höre ich Offiziere lärmen und bis in die späte Nacht hinein miteinander trinken, aber ich schlafe ohnehin nicht ein. In einen Pelz gehüllt, den mir Gwenol geborgt hat, und in Decken gewickelt, beuge ich mich aus dem geöffneten Fenster und sehe zu, wie der Zug die wintrigen Hügel des Semmering erklimmt, rieche die Schneeluft um die schwer behangenen Tannen, schärfe meine Augen, um ferne Bauernhäuser in den Talmulden zu erspähen und schaue zum Himmel auf, der so weit und wolkenbergig ist wie die dunkle Hochebene unter ihm. Auf dem Gebirgssaum, wo die Sowjetzone endet und die Britische Zone beginnt, hält der Zug und setzt sich lange nicht wieder in Bewegung. Eiskalte Luft strömt durch das Wagenfenster. Die Geleise und der Bahnsteig sind verlassen, mit frischem Schnee bedeckt. Alles ist still. Die Offiziere nebenan sind verstummt. Bald darauf, ein russisches Liedchen summend, stapft ein Soldat in hoher Pelzmütze den Zug entlang, bis zur Mitte der Waden im Schnee. Ich blicke noch eine Weile hinaus und gehe dann zu Bett, nachdem ich alle meine Kleider auf die Decken gehäuft habe. Im Einschlafen höre ich, wie der Zug langsam anrollt und zu fahren beginnt, bergab, bergab.

21. Februar

Im Morgendämmern stehe ich vor dem Klagenfurter Bahnhof und friere. Mein Zug ist zu früh angekommen, und auf dem verschlafenen Platz ist kein Armeefahrzeug zu sehen, außer einem Sanitätswagen des Roten Kreuzes, der eben abfahren will. Während er an mir vorbeikommt, beugt sich eine ältere Engländerin im Offiziersrang, die neben dem Fahrer sitzt, zu mir heraus.

»Wohin wollen Sie?«

»Ins Pressequartier.«

»Schön, hüpfen Sie rein. Feldhospital ist dicht daneben. Halbe Stunde am See entlang. Ort heißt Dellach.«

Ich weiß, ich weiß. Statt auf einen zweifelhaften Jeep zu warten, schiebe ich meinen Koffer hinauf und klettere dann zum dritten Sitz unter dem Zeltdach. Wir rattern über das Buckelpflaster, durch schwer zerstörte Straßen aus der Stadt hinaus zum Wörthersee. Sobald die Ruinen enden und die kleinen Provinzstraßen wie im Vorkriegsfrieden sichtbar sind, glaube ich diese oder jene Fassade, diesen kleinen Park oder jenes Denkmal wiederzuerkennen. Ich muß mich irren. Vertraut ist mir nur die Morgenluft, scharf, ländlich, feucht von der Nähe des Wassers. Der See ist noch von Nebeln verhüllt. Wo die Straße sich spaltet, fahren wir nicht den wohlbekannten Weg zur Rechten, sondern schlagen einen weiten Bogen zur linken Seite des Sees.

Eine halbe Stunde zwischen niedrigen Hängen am gewundenen Ufer entlang, links hohe Nadelbäume, rechts die flirrende Wasserfläche. Über vielen dieser Schichten steigt jetzt die Sonne in den wolkenlosen Himmel; ihr Licht dringt diffus und gleichmäßig durch den Dunst. Die Kälte ist noch unerbittlich. Selbst die Reisedecke, mit der ich mich umwickelt habe, schützt nicht vor dem Metallsitz des kleinen Lasters. Meine Zähne klappern im Morgenfrost.

Die Halbinsel Maria Wörth mit dem Zwiebelturm der Kirche. Bauernhäuser auf den Hängen, aber unten am See die Sommervillen der spindeligen Schmiedeeisen-Periode, franzisko-josephinisch und ganz und gar unverändert. Keine Spur, keine fremde Flagge, die an Krieg und Sieg erinnert. Ein Straßenschild auf englisch da und dort hätte auch ausländischen Touristen als Wegweiser gedient.

Dann begegnen wir einem Schulomnibus mit dem Union Jack und voll von Bauernkindern, die vor der britischen Besatzung stundenlang durch den Schnee gewandert waren, das Ränzel auf dem Rücken, ihr Butterbrotpaket in der frostblauen Hand. Keine anderen Wagen auf der Straße. Sobald wir die ersten Häuser von Dellach erreichen, hält der Fahrer vor einem Gartentor und die Frau Hauptmann sagt, das Zeltdach lüftend: »Da sind Sie. Adieu. Viel Glück.« Ich schäle mich eilig aus der Decke und kann eben mit meinem Koffer abspringen, bevor der Laster weiterfährt.

Villa Porsche.

Weiß und grün steht sie auf einer Erhöhung über dem See, umgeben von Tannen und Fichten so hoch wie ihr Dach. Ich gehe den Kiespfad hinauf. Und dann: Wärme, Behaglichkeit, Lebensfreude, als die Tür sich öffnet und zwei Kärntner Mädchen mich mit heiteren Stimmen begrüßen. Der riesige grüne Kachelofen in der Halle wird vom Vorraum aus geschürt, mein Gepäck wird hinaufgetragen. Ich setze mich neben den Ofen, um aufzutauen. Der schmiedeeiserne Luster, der von der weißgetünchten Decke hängt, ist größer als ein Wagenrad von der Art, die man an Festtagen mit roten und weißen Bändern schmückt. Die Leinenvorhänge, das glasierte Steingut auf den Regalen, die Tische und Stühle aus gescheuertem Birkenholz, so neu und frisch sie auch wirken, gemahnen doch an eine alte Landhaustradition. Ich schließe die Augen, spüre im Rücken die heißen Kacheln und berühre mit den Fingerspitzen das gehobelte Holz meiner Bank. All das und der würzige Geruch der Holzscheiter im Kamin ist genug, um zwei Jahrzehnte auszulöschen: ich bin mit meinen Eltern auf Winterferien gefahren und sitze hier, während sie ihr Schlafzimmer beziehen, um dann zu unserem ersten gemeinsamen Landfrühstück herunterzukommen. Draußen warten der Schnee, die Sonne, der Berg, der See. Die Zeit ist noch freundlich. Und ich bin noch in ihr geborgen.

21. Februar

Ein Tag und eine Nacht in tiefem Frieden sind vorbei. Ich habe geruht, gegessen, geschlafen wie nie, seit ich vor zehn Jahren Österreich verließ.

Johnny, der Küchenchef, umsorgt mich mit lang vergessenen Köstlichkeiten. Er ist ein dunkler, kleiner, drahtiger Marseilleiser von achtzehn oder neunzehn, ein Tänzer von Beruf und ein Koch aus Intuition, den die Presseoffiziere aus irgendeinem Grund in Neapel aufgelesen und durch ganz Italien mitgeschleppt haben. Seine Gegenwart in dieser Kärntner Landschaft wirkt einigermaßen bizarr, aber das Ergebnis sind erlesene Mahlzeiten, die neben anderen Eigenheiten dem Dellacher Pressequartier die Atmosphäre einer snobistischen Familienpension verleihen. Nutzlos als Nachrichtenzentrum – selbst das langweilige Klagenfurt und das Hauptquartier der britischen Truppen liegen ein wenig zu weit entfernt –, wird das Haus als Zwischenstation für Korrespondenten auf der Fahrt zwischen Triest und Wien betrieben, unter der Aufsicht einiger Offiziere, Söhne des englischen Landadels, die komfortabel zu leben verstehen. Mehrmals im Monat wird ein Lastwagen über die Grenze nach Italien geschickt, um Lebensmittel herzuschaffen, die Johnny dann auf das Exquisiteste zubereitet. Im Sommer wird gebadet und gesegelt, im Winter läuft man Ski auf der nahe gelegenen ›Kanzel‹. Hier wie in Wien sind diese Freuden nur durch ihre Vergänglichkeit getrübt. Bald, allzubald, werden die reizenden jungen Gastgeber einer nach dem anderen verschwinden, täglich kann ein Brigadegeneral die Villa Porsche für seinen eigenen Bedarf requirieren, oder es stürzen sich die brüsken Damen vom Roten Kreuz nebenan darauf als gottgesandte Dependance für ihr Hospital. So lange es eben währt, genießt man die Villa als Miniaturausgabe jenes berühmten Schlosses Tratzberg, in dem vor dem Krieg die Jeunesse dorée Englands ihre österreichischen Feste abhielt. Um die Illusion vollkommen zu machen, gibt es eine verarmte Baronin in einem verfallenen Haus oben am Hang, oder einen geflüchteten ungarischen Grafen in einem möblierten Zimmer beim Postmeister, mit denen man ein wehmütiges Glas Wein trinken und den Niedergang des lässigen Lebens in Europa beklagen kann.

Ernst Fischer hat vermutlich recht. ›Reaktionäre Kräfte‹, wie er sie nannte, nagen vorsichtig die Wurzeln der britischen Besatzung an, bezaubern die fremden Offiziere mit ihrer altmodischen Courteoisie und erzählen ihnen Schauergeschichten gegen die Russen, gegen Tito, gegen die einheimische und internationale Linke. Aber mehr als der Zustand in diesem Teil von Österreich müßte sich ändern, wenn solche Freundschaftsbande zwischen Menschen der gleichen Schicht und Denkungsart nicht geknüpft werden sollten. Sie sind naturgewollte Verbündete, diese letzten und keineswegs unliebenswerten Erben des kontinentalen Feudalismus und jene britischen Offiziere, die mit den Anders-Polen gekämpft und ihre Auszeichnungen erhalten haben, die sich vor dem Krieg im fröhlichen Budapest tummelten oder auf ungarischen Gütern jagten, und häufig sogar durch Heirat mit einer der adligen Familien des alten Kaiserreichs verschwägert sind. Sie gehören zusammen. Man kann ihnen auch keinen Vorwurf machen, den Briten wie den Österreichern, wenn sie Titos kärntnerischen Forderungen widerstehen. Dieses Stück Land, das er begehrte, war niemals jugoslawisch und wollte es niemals sein; es würde nur neues Unrecht schaffen, wenn man es nun dem Nachbar übergäbe.

Um die Mittagszeit zerreißt der Nebel, und ein goldenes Licht schimmert über den See. Auf dem anderen Ufer erscheint die vertraute Silhouette von Pörtschach. Ich gehe zum Bootshaus über harten, verharschten Schnee. Drüben liegen alle Sommer meiner Kindheit in einer unberührten Mulde der Zeit. Ich bin dankbar, daß der Nachmittag sinkt und alle Bewohner der Villa Porsche sich in der Halle zu einem Umtrunk versammeln, während man die Vorhänge mit dem Blumenmuster über meine Vergangenheit zieht. Spät nachts erscheint noch eine Gruppe von BBC-Leuten, Korrespondenten, Fahrer, technisches Personal, und stürzt das Haus in Verwirrung. Die Britischen Truppen in Österreich halten dieses Wochenende ihre Skimeisterschaften ab, und die Aussicht, sich ein paar Tage in den Bergen zu erholen, hat ein besonders zahlreiches Reporter-Team auf die Beine gebracht.

Ich gehe zu Bett in einem Zimmer mit weißgetünchten Wänden, einer aschgrauen alten Kommode, einem Frisiertisch und säbelbeinigen Stuhl, überdies einem silbergerahmten Spiegel, auf dem der Widerschein der monderhellten Tannenbäume liegt. Am nächsten Morgen, während die BBC triumphal auf die ›Kanzel‹ braust, um ihre Kabel den Abfahrtshang entlang zu ziehen, fahre ich nach Klagenfurt und melde mich zum Besuch der Verschleppten-Lager an. Jeder Zehnte in Kärnten ist ein sogenannter D.P. und wird des Schwarzmarkthandels und der politischen Tätigkeit bezichtigt. Im Hauptquartier der UNRRA macht sich ein höherer Beamter eben bereit, eine bestimmte Gruppe von Lagern zu inspizieren. Ich zögere nicht lange und schließe mich ihm an.

Später

In einem Tal am Fuß der schneebedeckten Alpen, zwischen reinlichen und wohlhabenden Dörfern, liegen in einem Umkreis von ein paar Kilometern fünf Lager, in denen vor der Befreiung Fremdarbeiter untergebracht waren und es immer noch sind. Die erste Reihe von Baracken ist an einem lehmigen Pfad gelegen, der von den Rädern des Jeeps, in dem der Lagerkommandant umherfährt, tief aufgewühlt ist. Überall stehen Männer, Frauen, Kinder in der schlaffen Haltung von Menschen, die sich nichts vom nächsten Tag erwarten. Andere finden wir an der Arbeit in der Küche, dem Waschhaus, dem Laden oder der Tischlerwerkstatt. Trotzdem scheint es aussichtslos, sie zur Tatkraft zu bewegen, denn sie besitzen keinen inneren Drang zur Geschäftigkeit mehr. Der Kommandant, ein enthusiastischer Brite mit einem Air-Force-Schnurrbart, erklärt sich von ihrer Einstellung überrascht. Kürzlich, so sagt er, wollte er einen Garten anlegen lassen. Wie hübsch, Frühlingsblumen unter dem eigenen Fenster zu pflanzen oder eine bunte Hecke entlang dem Lehmpfad zu ziehen. Gewiß ist der Boden, nach jahrelangem Lagerleben, alles eher als gut, aber die Leute wollen sich auch nicht darum kümmern. Der Humor des Kommandanten hat nicht darunter gelitten, doch scheint es ihn zu kränken, daß diese kroatischen, ruthenischen, ukrainischen und polnischen Bauern nicht das mindeste Interesse an den gärtnerischen Vergnügungen zeigen, für die jeder Vorstadt-Engländer so viel übrig hat.

Und warum, fragen wir uns alle, lehnen es die Leute

durchwegs ab, in ihre Heimat zurückzukehren? Die D.P.s in diesem Lager zumindest sehen keineswegs wie politische Verschwörer aus, oder wie Bürger, die in einem Arbeiterstaat nicht am Platze wären. Es sind weit eher müde und denkfaule oder unintelligente Menschen, die sich an dieses provisorische Leben gewöhnt haben und daran festzuhalten entschlossen sind. Unter den Nazis haben sie schwer gearbeitet – jetzt dürfen sie müßig sein. Sie waren ausgehungert – jetzt sind die Dorfbewohner gezwungen, ihnen genug Fleisch, Milch und Gemüse ins Lager zu schicken, um sie mit Vorzugsrationen zu versorgen, indes die UNRRA das Mehl für ihr tägliches Brot liefert. Gerüchte aus der einheimischen Bevölkerung unterrichten sie über Titos ›Terror‹ in Jugoslawien. Sendlinge der Anders-Armee kommen aus Italien herüber und verhärten sie gegen das neue polnische Regime. Ab und zu erscheint ein Vertreter ihres eigenen Landes, von den Sowjets gefördert, im Lager und beschwört sie, nach Hause zu gehen. Verwirrt horchen sie all diesen Stimmen und lehnen eine wie die andere ab. Die Wirklichkeit ist bereits einmal aus ihrem Leben gewichen. Jetzt haben sie die Realität einer kleinen Baracke erlangt, eines Eisenofens und regelmäßiger Mahlzeiten aus der Vorratskammer, die ihnen gegenüber am Lehmpfad liegt. Halsstarrig hängen diese entwurzelten Bauern an ihrer elendiglichen Lagerordnung, der einzigen Ordnung, die für sie festen Bestand angenommen hat.

Um die jüdischen Insassen aufzusuchen, fahren wir ein paar Kilometer zu einer Reihe von Baracken mit den Überlebenden von Ghettos und KZs. Als man die D.P.s anfangs aussonderte, bezeichneten manche Juden sich als polnische oder rumänische Staatsbürger und wurden daraufhin ihren Landsleuten zugeteilt. Die Majorität aber, getreu ihrer zionistischen Überzeugung, hatte sich als heimatlos erklärt und sogar geweigert, zu sagen, wo sie geboren wurde. Aus ihren Gemeinschaftsbaracken stürzt, sowie unsere Wagen davor halten, eine Menge aufgeregter junger Männer, die im Gegensatz zu ihren lethargischen Lagergenossen durchaus bereit sind, über sich Auskunft zu geben. Sie sehen das Korrespondentenzeichen auf meiner Schulterklappe, umdrängen mich und blicken den Kommandanten fragend an, ob er ihnen wohl erlauben würde, mir ihr Quartier zu zeigen.

»Wo ist der Lagerführer?« fragt der Kommandant.

»Er ist nicht da. Jossel vertritt ihn.«

Ihr Deutsch ist rauh und kehlig, es erinnert an den ›Jargon‹ der Leopoldstadt, des alten jüdischen Viertels von Wien, in dem nach dem Zusammenbruch der Monarchie Tausende von Flüchtlingen aus dem Osten Unterkunft fanden. Diese hier sind alles Burschen in den Zwanzig, weniger als mittelgroß, unrasiert, mit einem Blick wilder Verzweiflung in den Augen und von jener körperlichen Robustheit, die sie vor allem anderen befähigt hat, den Steinbruch und die Folterkammer zu überstehen.

Geführt von Jossel, betreten wir die dürftige Baracke und blicken in jeden abgeteilten Raum. In manchen liegen Mädchen, aufgequollen und bleich, schlafend im hellen Tageslicht auf den schmierigen Matratzen. In anderen laufen Kinder, deren Augen wie Kohlen im Weiß der Gesichter funkeln, ziellos um den knisternden Ofen herum. Eine schwangere Frau sitzt reglos da und starrt aus dem Plastikfenster.

»Schauen Sie nur hin«, murmelt mir Jossel ins Ohr. »Die letzten Reste unseres Volkes. Mehr ist nicht übrig. Hier ist niemand, der in Europa bleiben will, schreiben Sie das in Ihre Zeitung. Europa ist ein Friedhof, ein einziger Friedhof mit unseren Müttern, Vätern, Schwestern. Für uns gibt es nur noch ein Land: Palästina.«

Er zerrt mich in ein kleines Zimmer. Auf einem besudelten Tisch liegen Konserven, Tüten, halb aufgerissene Lebensmittelpakete, in ihrer Mitte ein riesiges Stück Butter von mindestens zehn Pfund. Vermutlich wird einiges davon seinen Weg zum schwarzen Markt nehmen, doch am Essen mangelt es den Lagerbewohnern nicht. Auf dem Boden stehen Kartons mit der Aufschrift AMERICAN JOINT RELIEF FUND in großen schwarzen Lettern.

»Unsere Freunde lassen uns nicht verhungern«, sagt Jossel, und die anderen nicken stolz. »Sie helfen uns auch in unseren Plänen. Wir sind dauernd mit ihnen in Kontakt. Wollen Sie wissen, wo unser Lagerführer hin ist? Nach Salzburg, in die amerikanische Zone, auf seinem Motorrad als Verbindungsmann. Nichts kann uns aufhalten. Schreiben Sie das in Ihre Zeitung. Wir kommen alle hin.«

Unter den apathischen Frauen, den kleinen Kindern, sind diese entschlossenen jungen Leute die treibende Kraft. Sie sind so zielbewußt, so gleichgültig gegenüber allen künftigen Schwierigkeiten, wie es unter diesen Umständen möglich sein kann. Es gibt Zehntausende, vielleicht Hunderttausende wie sie. Während die ukrainischen Bauern ihre Hände in den Schoß legen, hämmern diese jungen Juden wie besessen an ihre Schicksalswand. Durch ihre Anstrengungen ist eine weltweite jüdische Verschwörung zustande gekommen, die nicht bestanden hat, als Hitler sie zu vernichten beschloß. Die Burschen in Kärnten befinden sich auf einem Nebengeleise, aber sie schließen sich der allgemeinen Bewegung an. Eines Tages kommt ein Befehl von ihren Kameraden in der amerikanischen Zone, den befolgen sie blind, zerren die jungen Frauen, die auf ihren Matratzen vom Tod träumen, aus den Betten und erwecken die Schwangeren aus ihrem vegetabilischen Schlaf. Eines Nachts brechen sie aus dem Lager aus und trecken vorwärts auf der Marschroute nach dem Mittelmeer.

Abends

Im Pressequartier finde ich mein Zimmer von der BBC in Besitz genommen. Die Mägdekammer, in die man während meiner Abwesenheit den Koffer getragen hat, ist klein und sauber und schlicht, sie riecht nach Ammoniak und warmer Wäschestärke. Ästhetisch weniger befriedigend als der Raum mit dem silbergerahmten Spiegel und säbelbeinigen Stuhl, entspricht sie einem Sinn für Bescheidenheit, den ich gelegentlich entfalte, um dem Zorn der neidischen Götter zu entgehen.

22. Februar

Früh am Morgen brechen wir nach Udine auf. Ein australischer Korrespondent, ein netter Mensch ohne erkennbare Ansichten über irgendein Thema, hat mit mir zusammen den Wunsch nach einem Fahrzeug geäußert, das uns für einen Tag nach Italien bringt. Man stellt uns einen offenen Jeep zur Verfügung. Um sieben Uhr ist die Februarkälte gnadenlos. Wir haben uns in Decken gehüllt und Schals um die Ohren gewunden, aber als der Jeep mit seinem lose flatternden Zeltdach die ruhige, frostige Luft zu durchschneiden beginnt, spüren wir tausend Nadeln unsere Gesichter durchstechen und durch unsere Wollschichten dringen. Eine Weile lang fahren wir am See entlang, dessen Eisdecke rosa glitzert, dann kommen wir in Velden an. Der kleine Badeort, noch im winterlichen Sommerschlaf, liegt für mich plötzlich in der Glut eines Hochsommertages. Rote Blumen welken unter der Sonne in den Beeten der Kurpromenade, das Weiß der Segel auf dem Wasser wiederholt sich auf den Röcken, Hosen, Kleidern, Blusen der Hunderte von Gästen, die zwischen den Pavillons am Ufer spazieren, und in einem hellen Zimmer im Kurhaus probe ich mit ein paar anderen Mädchen und Jungen das Programm einer Wohltätigkeitsvorstellung. Mir ist die Aufgabe zugefallen, ein langes und gruseliges Gedicht aufzusagen, in dem ein Vater die Flöte bläst und dadurch den Tod seiner schlafwandelnden Kinder verursacht. Während der Jeep die letzten Häuser von Velden hinter sich läßt, erschauere ich von neuem über das Huschen kleiner Füßchen und das Rascheln kleiner Nachthemdchen über die Mauer, von der ein Kind nach dem anderen zum Spiel der Flöte in die Tiefe stürzt.

Die Alpen erheben sich zu beiden Seiten, unsere Straße windet sich und wird schmal, da und dort zeigen Gehöfte die Spuren von Verwüstung. Hier wurden die letzten Kämpfe des Krieges zwischen Kesselrings Armee und den vorrückenden Alliierten ausgefochten, britische Bomben hatten die Brücken gesprengt, um den Rückzug der Deutschen zu verhindern. An jeder Wegbiegung türmt sich die Landschaft gewaltiger auf. Bergspitzen ragen höher und höher in die glasige Luft, Abgründe öffnen sich, und obschon die Sonne steigt, wird es immer kälter. Unser Jeep, ein Aufenthalt aus klapperndem Blech und knatterndem Tuch, durchmißt die statische Atmosphäre mit schmerzlicher Hast, und während wir wie geblendet sind von der Schönheit des Anblicks, frieren unsere Glieder bis zur Unbeweglichkeit.

Hoch oben auf dem Alpenpaß überqueren wir die Grenze. Die britische Zoll- und Sicherheitskontrolle dauert nicht lange. Während ich mit klammen Fingern die Formulare ausfülle und den Namen meiner Zeitschrift eintrage, bittet mich der Feldsicherheitsoffizier, ihm die Luftpostausgabe des ›New Statesman‹ zu verschaffen. Wir fragen, was wir als Grund für unsere Reise angeben sollen. »Schreiben Sie – Shopping. Schreiben Sie, was Sie wollen, solange es die Wahrheit ist.«

Jetzt tragen die Dörfer, in nichts von den bisherigen unterschieden, italienische Namen und stellen in ihren Schaufenstern eine Menge von Waren aus. Im Vorüberfahren erhaschen wir Chiantiflaschen, staubige Tafeln

Schokolade, Brot und Obst. Noch im Hochgebirge der erste Brunnen, der erste Campanile, an den bombengeschädigten Häusern die erste Reihe steinerner Balkone. Nach und nach nehmen die Gebäude eine lateinische Anmut an. Österreichische Giebel sind durch flache Dächer ersetzt, weiße, grüne und braune Fassaden durch nackte Wände in vielen Farbnuancen. Wäsche flattert von zarter Eisenornamentik. Konturen und Perspektiven werden gewagter. Schmutz und Schönheit erscheinen zugleich. Chiusa Forte, die mittelalterliche Bergstadt, steigt zur Linken auf, und mit weitem Schwung fegt die Straße zu den Serpentinen hinab, der venezianischen Ebene zu. Unsere Gliedmaßen beginnen angenehm zu prickeln, die Luft um uns löst sich aus ihrer Starre und beginnt zu fließen, tausend Gerüche hauchen uns an, und die Sonne scheint ungehindert auf die befreite Landschaft herab.

Lang vergessene Lust: das uralte Entzücken des Barbaren, der aus seinen nordischen Wäldern und Bergen ins Flachland kommt. Mit dreizehn Jahren habe ich es zuerst erlebt, als man mich nach Venedig, Pisa, Lucca, Viareggio brachte. Der Garten Europas tut sich wieder auf. Hier ist alles weich, milde, gewellt und hingegeben. Sprießende Maulbeerbäume säumen Felder, die im Frühlingslicht grünen, und die Ortschaften in ihrer lässigen Anmut, ihrem edlen Verfall, schmiegen sich in die Gegend ein. Männer und Frauen bewegen sich mit der Natürlichkeit von Tieren, manche haben Vogelgesichter, andere sehen wie Luchse oder Dachse aus, und ihre Sprache singt.

Später

Udine, die friaulische Marktstadt, ist jetzt eine Garnison der Achten Armee, aber trotz der khakifarbenen Fahrzeuge und englischen Straßenschilder dominiert hier nicht das britische Militär. Unter diesen sonnenglänzenden Lauben und schattigen Arkaden, in denen sich eine Menge dunkelhaariger und geschwätziger Menschen bewegt, auf dem großen Obstmarkt, zwischen den Buden und Läden voll greller Wolljacken, Bänder, Strohtaschen, Tücher, sehen die Soldaten wie ungewöhnlich gekleidete Touristen aus. Sie schlendern mit träumerischem Ausdruck vorbei, stehen und starren die liebliche Kirche an oder schwatzen mit den kleinen Signorinas in einer verwirrten Unterwürfigkeit, die sie weder den österreichischen Frauen noch ihren eigenen Mädchen daheim entgegenbringen. Wenn sie auch die Nase über den übelriechenden Abfall rümpfen, der all diesen Zauber begleitet, sind sie doch überwältigt von den Schönheiten der Stadt. Sie sind stolz auf die Reichtümer in Läden und Märkten, als hätte ihr eigener Fleiß sie bewirkt.

In der Tat gibt es Lebensmittel, Seiden, Lederwaren und alle Gebrauchsgüter in wahrem Überfluß. Früchte, manche schon überreif und vom ersten Hauch der Verwesung umgeben, liegen hochgehäuft auf Karren, wohin man blickt. Aus den Restaurants kommt ein Geruch nach siedendem Öl, und aus allen Fenstern blitzen Flaschen. Die Städter und die friaulischen Bauern finden diese Fülle von Dingen, die man in England seit den ersten Kriegsjahren entbehrt hat, durchaus selbstverständlich. Selbst die Ärmsten können sie sich leisten, denn mit den Besatzungstruppen ist ein trügerischer Wohlstand eingezogen und allen, die im Dienst der britischen Armee stehen, geht es besser als jemals vor dem Krieg. (Zwanzig Monate später besuchte ich Udine am letzten Besatzungstag, an jenem 24. Oktober 1947, der den Abzug der Briten sah. Die kleine Stadt schien von ihrem Überschwang verlassen, Kellner ließen die Köpfe hängen, Dienstmädchen weinten bitterlich, wenn sie an den Geiz ihrer künftigen italienischen Herrinnen und die steigenden Lebenskosten dachten, und Streiks kündigten sich an, die ein paar Wochen später in ganz Friaul ausbrechen sollten. Das arkadische Leben war, zumindest für ein paar Jahre, vorbei.)

Der Australier und ich gehen wie in Trance umher, die wir nur durch Viertelstunden intensiven Einkaufs unterbrechen. Dann sitzen wir, ehe wir nach Österreich zurückfahren, eine Weile in der Abendsonne in einem Straßencafé und sehen die Leute vorüberspazieren. Kein Gesicht in der Menge gleicht dem anderen, jedes trägt einen besonderen Ausdruck von Freude, Zweifel, Zorn, Liebe, Mißtrauen, Gier. Von englischer Gefühlssperre oder der monotonen Apathie, die sich in den Mienen der armen, ausgezehrten Wiener spiegelt, ist hier keine Spur. Empfindungen fließen in die Züge ohne jeden Filter der Hemmung, die Gesten entsprechen immer noch dem Vorbild einer längst kodifizierten dramatischen Kunst.

Als wir uns auf die Heimfahrt machen, wird auch hier die Gegend abendkühl: in der Dämmerung scheinen uns die Schneehänge der Alpen nur widerwillig aufzunehmen. Gefrorene Dörfer bewachen die Straßen wie

Festungen. Ich rüste mich innerlich zum Aufstieg in die rauheren Breiten, die unnachgiebigere Luft.

23. Februar

Als ich neun Jahre alt war, nahm mein Vater mich auf den Ahorn mit, eine Bergspitze in den Tiroler Alpen. Wir waren um vier Uhr früh aufgestanden und noch im Dunkel durch das Ötztal marschiert. Der Morgenstern zitterte lang im eisblauen Himmel, bevor er endlich verlosch. Die Sonne stieg königlich auf, rot und mächtig, sehr erschreckend für ein Kindergemüt, das damals bereits von kosmischer Angst gequält war. Wir kletterten durch Wälder und Unterholz, über Bergwiesen und Felsen. Sowie die Luft dünner wurde und die Sonne Glassplitter durch die durchsichtige Unendlichkeit schoß, deren Widerschein erst auf tiefglühenden Alpenpflanzen, dann auf kahlen, glimmernden Steinhalden lag, fühlte ich meine Glieder vor Müdigkeit schmerzen und meinen Atem mühsamer gehen. Mein Vater, sein kühnes Profil über mir, sog die harzige Luft mit einem Ausdruck bewußter Glückseligkeit ein, den ich an ihm in solchen Augenblicken kannte. Unfähig, oder unwillig, sich den Geist und Körper eines Kindes anders als die seinen vorzustellen, trieb er mich zur Eile an. Ich wollte ihn nicht enttäuschen. Um elf Uhr erreichten wir das Hochplateau, dort brach ich vor der Berghütte zusammen und wurde mit Skiwasser, Knoblauchwurst, Käse und Brot gelabt, um sofort darauf auf einem kleinen Rasenflecken einzuschlafen, indes mein Vater weiter kletterte und die Spitze erklomm. An den Abstieg an jenem Nachmittag kann ich mich nur dunkel erinnern. Mein Vater wich in seiner üblichen Suche nach einer Abkürzung vom markierten Pfade ab und verirrte sich bald, worauf wir stundenlang mit dichten Hecken und steil abfallenden Felsen kämpften, mit schlüpfrigen Schneisen, unpassierbaren Brücken, langen und unbekannten Holzwegen, Dickicht und Geröll. Mein Vater hatte mich längst auf seinen Rucksack gesetzt, dann und wann aber schüttelte er mich ab, wenn wir auf allen vieren durch dornige Sträucher kriechen mußten. Um Mitternacht kamen wir in Sölden an – das Dorf war bereits im Alarmzustand –, und während des nächsten Tages, an dem meine Mutter mich im Bett hielt, lag ich viele Stunden wach, in dem triumphalen Gefühl, bis an die Grenzen meiner Kraft erprobt worden zu sein.

In einem anderen Tiroler Tal, in Mayrhofen, hatte mein Vater seine Sommer von den frühen Kindertagen an verlebt. Mich brachte man mit zwei Jahren hin. Nicht meinem eigenen Gedächtnis vermutlich, sondern den Seiten eines Familienalbums, das inzwischen ebenso versunken ist wie die darin gebannte Realität, verdanke ich die Einzelheiten der dörflichen Einfachheit und bürgerlichen Urbanität jener Aufenthalte – den Waschzuber für das samstägliche Bad und die Stallmägde mit dungverschmierten bloßen Füßen auf dem Hintergrund einer großen Städterfamilie in gewähltem Trachtenkleid und mit hohen Ansprüchen an kulinarische Perfektion. In ihrem Schatten und in dem ihrer vielen Freunde, die in jenen Tagen darauf bestanden, Jahr für Jahr dieselbe Sommerfrische aufzusuchen, war es möglich, von den stürmischen Regenfällen und den riesigen Bergkuppen, der allgemeinen Üppigkeit und Großartigkeit der Tiroler Szenerie nicht eingeschüchtert zu sein. Hier war das Leben gesteigert, die Natur kraß und aggressiv. In der Küche, ganz wie in der Wohnung meiner Großmama in der Wollzeile, stand die tschechische Anna am Herd. Aber die Preiselbeermarmelade, die sie rührte, verströmte einen scharfen Geruch, stark duftende Kräuter hingen von einer Schnur am Kamin, und draußen rauschte der Mühlbach unheildrohend, als wollte er mich auf seinen verbotenen Holzsteg locken.

Nach dem ersten Krieg ging man nicht mehr *en pleine famille* nach Tirol. Unsere Verwandten aus anderen Teilen der Monarchie verharrten hinter den Grenzen ihrer neuen Länder. Mein Großvater, ihr Gastgeber, war gestorben, und nach dem Verlust dieser hohen, bärtigen Figur hatte Mayrhofen seine patriarchalische Anziehung eingebüßt. Wir schwankten zwischen den Seen Kärntens und des Salzkammerguts. Im Sommer wehrte ich mich gegen Bergwanderungen, aber mein Vater, begleitet nur von seinem Schäferhund Diemo, machte sich Jahr für Jahr zu langen und immer waghalsigeren Hochtouren auf. Während meine Mutter die modischen Vergnügungen der Kurhotels von Pörtschach oder St. Gilgen genoß, schrieb ich Gedichte auf dem Dach unserer Badehütte, sprang ab und zu in den See und kehrte tropfnaß auf die Planken zurück, die mit heißer, rauher Dachpappe überzogen waren.

Die Strenge des Winters forderte zu größeren Anstrengungen heraus. Um im Wienerwald Ski zu laufen, fuhr man einfach zur Endstation der Straßenbahn. Aber wir reisten in die Berge, in Jugendherbergen in den Alpen, wo in steinernen Schlafsälen jede Nacht das Wasser in den Gläsern fror, wo wir in der Mittagssonne nur in Blusen Ski liefen und uns eine knappe Stunde später schon die Hand an der Skibindung klebte. Nichts reichte an die Schönheit dieser Landschaften heran mit ihren weißverkrusteten Bäumen, an das Stäuben des Pulverschnees und das Knistern des Eises, wenn wir über die Hänge hinunterstoben und die kalte, klare Luft uns um die Wangen blies.

Jeden Sonntag um fünf Uhr morgens ging der erste Zug vom Wiener Aspangbahnhof auf den Schneeberg. Aus allen Bezirken der Stadt kamen junge Leute, Studenten, Beamte, Arbeiter, durch die kalte Finsternis gewandert und waren häufig ein oder zwei Stunden vorher aufgestanden, um rechtzeitig da zu sein. Unter dem Dickicht von Skiern und Stöcken, die ein zweites Dach von Gepäcknetz zu Gepäcknetz formten, fuhren wir lange, dösend und flüsternd, in unbeleuchteten Waggons, bis die Talstation erreicht war. Dann, allein oder in Gruppen, während Winde um die einsame Spitze tobten, machten wir den Aufstieg in der beißend kalten Dämmerung. Vor Mittag trafen wir in einer der zwei Berghütten zusammen und stärkten uns mit Suppe, belegten Broten und Tee, bevor wir eine der vielen und unendlich variierten Abfahrten unternahmen.

Auf dem Schneeberg oder der Rax wurde auch die Legende von den schwächlichen und feigen Judenbuben entkräftet, noch ehe es palästinensische Terroristen gab. Diese Burschen gehörten zu den zähesten und wagemutigsten Skifahrern. Manche brachen sich Glieder nicht einmal, sondern zweimal in einer langen Wintersaison, und wenn sie lediglich in den Arbeiterskiklubs Preise errangen, dann nur, weil ihnen seit seiner Begründung die Mitgliedschaft des ›Deutschen Alpenvereins‹ in Österreich versagt gewesen war. Allen aber, die während der Woche in Bureaus oder Hörsälen saßen, bedeuteten diese Sonntage mit ihrer Mühsal und ihrem Glanz ein immer wieder erreichtes Ziel, einen ewig erneuten Lohn. In den schwierigen Jahren zwischen den Kriegen brauchte man nicht zu verzweifeln, solange die Berge Trost versprachen für Armut, Erfolglosigkeit und Liebesschmerz. Als ich im Februar 1936, ein blasses, hohläugiges Wrack, mit einem Doktorat aus der Versenkung auftauchte, vermochte mich eine Woche in Kitzbühel völlig herzustellen. Voll Verachtung für den Skilift ging ich mit meinen Bretteln jeden Morgen auf den Hahnenkamm und machte in diesen einsamen Aufstiegen wieder meinen Frieden mit der Welt, den akademische Intrigen und lange Nachtarbeit erschüttert hatten.

Später

Was ich zu Anfang dieser Reise vorhergesehen habe, droht einzutreten. Die hart erkämpfte Unempfindlichkeit, Zuflucht und Rettung der letzten Jahre, schwindet immer mehr dahin. Ich bin in Gefahr, gänzlich aus der Gegenwart zu fallen. Ein Gespenst in Galoschen, das durch den tiefen Schnee auf der ›Kanzel‹ stapft, werde ich an diesem Sonntag vollends zum Opfer meiner Erinnerungen.

Wir sind vom Pressequartier heraufgefahren, um die Skirennen mit anzusehen; auf einem markierten Hang halten die britischen Truppen in Österreich ihren Slalomlauf ab. Eine Weile wandere ich durch die grellweiße, blaue und goldene Welt, die ich einst bewohnte. Vielleicht wären, hätte ich darauf bestanden, Skier für mich gefunden, Stiefel mir an die Füße angepaßt, Hosen aus dem Armeevorrat hervorgeholt worden. Aber ich bin nur einen Tag hier, und es befriedigt meine augenblickliche Laune der Selbstquälerei, während alle anderen auf Bretteln stehen, in Gummi-Überschuhen umherzustolpern, einem halben Meter weichem und nachgiebigem Pulverschnee wehrlos ausgeliefert. Auf der Bergspitze räkeln sich ein paar Generals- und Oberstengattinnen mit ihren blonden, schlaksigen Kindern in der Sonne, drüben vor der Baracke des Verbandes Christlicher Junger Frauen hallen die Stimmen hoher weiblicher Offiziere durch die Luft, mit ihren Klagen über den Compo-Tee und ihren Familienneuigkeiten aus England, und junge Männer in Khaki beenden soeben ihr Rennen mit einem schwungvollen Christiania. Mitten unter ihnen, so selbstverständlich, wie sie sich vor einem Jahr mit den deutschen Gebirgstruppen vermischten, bewegen sich die schönen, sonnverbrannten Skitrainer und Bergführer, lachen mit blitzenden Zähnen und gratulieren dem Sieger im Slalomlauf. Sie reden mit einem Sturmbannführer und mit einem Gardeleutnant Seiner Britannischen Majestät auf die gleiche unbefangene Art, fühlen sich weder dem einen noch dem anderen unterlegen oder verpflichtet, und freuen sich nur daran, am Leben zu sein und von jedem zu leben, der des

Weges kommt. Das Glück, solche Wurzeln zu haben, so wenig von äußeren Umständen abzuhängen, ganz den eigenen stählernen Muskeln zu vertrauen, dem sicheren Blick und der völligen Übereinstimmung mit der Natur, mag unsere gesamte Zivilisation aufwiegen, Proust, Picasso, Einstein, wer immer es sei.

In drei Wochen bin ich weit gereist, seit ich meinen Vorstadthügel am frühen Morgen bergab ging. Hier oben, ebenso entfernt von der englischen Gentry, die nach dem Kriegsende mit Hilfe der Armee zu ihrem üblichen Wintersport zurückgekehrt ist, wie von jenen einheimischen Lebenskünstlern – dennoch allzusehr mit beiden vertraut, um nicht zu wissen, daß ich weder zu den einen noch zu den anderen gehöre –, löse ich mich endgültig aus der Luftschutzkeller- und Fischladen-Gemeinschaft im bombenversehrten London. Es geht nicht um Loyalität: die schulde ich meinen Rettern. Es geht um den inneren Standort, der ins Wanken geraten ist. Frühere Bande festigen sich, indes die jetzigen sich lockern. Ich muß befürchten, daß mein Schwerpunkt irgendwo in den Lüften über Europa liegt, in einer schwebenden Wolke über England, Österreich, Italien, Frankreich, abwechselnd angezogen und abgestoßen, ohne an diesem oder jenem Ort niederzugehen. Jetzt, da kein Zwang mich hüben vertreibt und drüben festhält, bin ich in eine Pendelbewegung geraten. Ich werde nach England zurückkehren und neuerlich den Kontinent besuchen. Ich werde immer wieder und wieder erproben müssen, wo ich wahrhaft zu Hause bin.

Am frühen Nachmittag steige ich einen gewundenen Weg zum Gipfel hinauf; da und dort, wo die dünne

Schneeschicht unter einem Bergstrauch schmilzt, riecht es nach Alpenmoos und harziger Rinde. Ich bin umgeben vom Klima meines Vaters, jenem Ozon, das er mit gleichem Entzücken im Gebirge atmete wie in seinem Laboratorium, dessen Boden unter dem Dynamo erbebte. Ich glaube, seine Gegenwart zu spüren –

September 1967

Hier brechen diese – englisch geschriebenen – Aufzeichnungen aus dem Jahr 1946 ab. Vor mir liegen nur noch Notizen, vier Zeilen unter jedem Datum des Taschenkalenders, denen ich die Ereignisse dieser letzten Tage meiner Heimkunft in die Fremde entnehmen kann.

Es scheint, daß ich nach der Rückkehr nach Wien vermied, mit meinen österreichischen Freunden zusammenzutreffen, daß ich mich in meiner Ratlosigkeit an die Engländer klammerte in all ihrer unwirklichen Lebensform. Ich schloß mich an John Peet von Reuter an, der mich am ersten Tag vom Hotel Astoria abgeholt hatte – drei Jahre später löste er überraschend alle Bindungen an seine Auftraggeber und ging heimlich durch den Eisernen Vorhang nach Ostberlin. Ich besuchte mit Sam B., einem Presseoffizier, der sich dem Kunst- und Antiquitätenhandel zuwenden wollte, Galerien und Malerateliers; er erwarb auf meinen Rat mehrere Schieles und Zeichnungen von Steinwendner, der heute unter dem Namen Stenvert Pop-art erzeugt. Ich vertrank ein paar Abende im ›Honky Tonk‹ mit Paul und John, Nick und

Sam, Chalkey und Robin. Ich tanzte mit ihnen in ›Kinsky's‹, dem zum Offiziersklub herabgewürdigten Palais, teils zu traditionellem Jazz, teils zu jenen martialischen Rhythmen, die im Dritten Reich dessen Stelle eingenommen hatten. Mit Gwenol, der hübschen Frau des Obersten, besuchte ich alte englische Sprachlehrerinnen, die hier mit Mühe den Krieg überdauert hatten. Im Rothschild-Spital, einer Auffangstelle für jüdische Verschleppte, holte ich weitere Informationen über den ›Treck‹ nach Palästina ein. Und ich begegnete der bizarrsten Erscheinung des kosmopolitischen Westens, Oberst Vladimir Peniakoff, genannt Popski, jenem Russen belgischer Nationalität, der in der afrikanischen Wüste eine ›Privatarmee‹ befehligt hatte – eine womöglich noch abenteuerlichere T.-E.-Lawrence-Figur.

Einmal raffte ich mich auf, um einen letzten Vorstoß in die Bezirke der Wiener Kleinbürger zu machen, von denen aus soviel Einblick in den Mechanismus des vergangenen Regimes zu gewinnen war. Ich suchte die Putzfrau auf, der meine Großmutter ihr Tafelsilber für mich anvertraut hatte, und fand dort einen bresthaften Gnom, ihren Lebensgefährten, der ihr verbot, es mir auszuhändigen, und nur durch höheren Einspruch zu überstimmen war. Die Szene, während der ich die Frau entlohnte, indes er sich tobend und fluchend, obschon machtlos, auf seinem Lager wand, war von schauriger Theatralik. Trotzdem berührte sie mich nicht.

Meinen Wiener Bekannten sagte ich kurz auf Wiedersehen und ließ sie, von einigen Konserven und Zigarettenschachteln abgesehen, ungetröstet in einer wenig hoffnungsvollen Lage zurück. Am 7. März flog ich nach

England, mit Sybil K., einer snobistischen Dame von Diplomatenrang, und Robin M., einem Prachtexemplar der britischen Oberschicht, der später eine Tochter des Herzogs von Marlborough heiraten sollte. Ich glaubte mich bei ihnen, des saloppen Idioms mächtig, in dem sie sich unterhielten, in meiner Welt. Im Londoner Villenvorort sah ich meine Kinder, meine Familie wieder. Nach wenigen Tagen begriff ich nicht mehr, wie ich jemals hatte bezweifeln können, daß hier und nirgends sonst meine Heimat lag.

In diesem Jahr fuhr ich noch dreimal auf das Festland. Ich saß, auf dem Weg nach Österreich, mit französischen Freunden im Café Flore, das die Dôme und Coupole meiner Jugendjahre als Treffpunkt der Pariser Intelligentsia abgelöst hatte. Ich besuchte Budapest in der hektischen Woche der Währungreform, als der Pengö dem Forint wich, und brachte dem alten Béla Balács die Grüße seines Wiener Freundes. In Brixen befaßte ich mich im Auftrag des ›New Statesman‹ mit der Freiheitsbewegung Südtirols, kurz bevor Karl Gruber jenes fragwürdige Abkommen mit De Gasperi traf. Und ich wäre im Herbst, während der Kriegsverbrecherprozeß in Nürnberg tagte, über dieser Stadt um ein Haar ums Leben gekommen, als bei meinem Flugzeug, einer abgeklapperten Dakota, in einem Luftwirbel ein Flügel brach. Die vermeintliche Sicherheit der ›zweiten Region‹ hatte sich als trügerisch erwiesen. Bald darauf übersiedelte ich für eine Weile, im Rahmen der britischen Militärverwaltung, nach Berlin.

Der langsame Prozeß einer Loslösung aus dem englischen Bereich, der siebzehn Jahre später zu meiner endgültigen Rückkehr nach Wien führen sollte, hatte seinen Anfang genommen. Erst jetzt, da ich diese Tagebuch-Erinnerungen wieder hervorgeholt habe, verstehe ich, daß sie unvermeidlich war.

Marcel Reich-Ranicki

In den Lüften Europas

Leicht macht es uns die Autorin Hilde Spiel bestimmt nicht. Wer nämlich die doch notwendige Frage beantworten möchte, was sie denn eigentlich sei, und wer sich mit so allgemeinen Bezeichnungen wie »Schriftstellerin« oder »Journalistin« nicht begnügt, der gerät bald in Verlegenheit. Ist sie Kritikerin, Feuilletonistin, Übersetzerin, Reporterin, Essayistin, Erzählerin, Filmautorin, Historikerin? Jede dieser Vokabeln hat ihre Berechtigung; aber sie reichen nicht aus – weder einzeln noch alle zusammen. Nur fragt sich, ob unsere Ratlosigkeit gegen oder vielleicht für Hilde Spiel spricht. Im Vorwort zu ihrem (soeben erschienenen) Prosaband »In meinem Garten schlendernd« beteuert sie mit treuherzigem Augenaufschlag, diese Auswahl sei »nicht allzu umfangreich und keineswegs anspruchsvoll. Was sie enthält, will wahrhaftig nicht ›belehren‹, nur manches ›beleuchten‹. Probleme, Konflikte, Doktrinen werden lediglich berührt, nicht durchdacht oder gar zu Ende gedacht.« Unter uns: Hiervon stimmt kein einziges Wort. Ja, selten hat Hilde Spiel in wenigen Zeilen soviel Falsches untergebracht. Was immer sie schreibt, ob Glossen oder Abhandlungen, ob Romane oder historische und biographische Schriften, sie hält es für ihre selbstverständliche Pflicht, den Sachverhalt, um den es geht, möglichst genau, doch ohne großes Aufheben zu referieren und ihren Lesern die erforderlichen Auskünfte zu erteilen.

Aber indem sie referiert und informiert, belehrt sie uns zugleich. Diese Berichterstatterin ist stets auch eine Pädagogin, eine unaufdringliche und geradezu diskrete Erzieherin, die es nicht nötig hat, mit erhobenem Finger zu sprechen.

Doch wen will sie denn erziehen? Wie alle Essayisten und Feuilletonisten, wie alle guten Kritiker schreibt auch Hilde Spiel nicht für ihre Zunft, sondern für das Publikum, nicht für ihre Kollegen, sondern für die Leser: Das Fundament ihres Werkes ist eine vielseitige, eine enorme Bildung. Aber dafür wollen wir sie gar nicht loben. Daß ein Pianist alle Klaviersonaten Beethovens und vielleicht noch das Gesamtwerk Chopins auswendig spielen kann, besagt noch nicht viel. Es kommt doch darauf an, *wie* er das alles spielt. So gibt es die Bildung in unserem Gewerbe sozusagen gratis. Entscheidend bleibt, welchen Gebrauch man von seinem Wissen macht. Wenn Hilde Spiel behauptet, in ihren Arbeiten würden Probleme und Doktrinen nicht durchdacht oder gar zu Ende gedacht, sondern nur berührt – so ist das eher kokett als richtig. Gewiß, sie werden meist nur berührt, oft nur mit wenigen Worten oder in kurzen Abschnitten skizziert, aber diese Knappheit und Leichtigkeit der Darstellung kann sie sich leisten, weil sie die behandelten Fragen sehr wohl durchdacht und eben auch zu Ende gedacht hat.

Nichts liegt ihr ferner, als mit ihrer Bildung aufzutrumpfen. Sie hütet sich, ihre Leser einzuschüchtern, und sie ist zu taktvoll, um sie zu beschämen. Ihre Arbeiten sind prägnant und präzis, doch nie pedantisch. Ihr Stil ist anmutig und anschaulich und nie anämisch. Viele ihrer Sätze bieten ungleich mehr als auf den ersten Blick erkennbar. Denn sie liebt den beiläufigen Verweis, die gelegentliche Bemerkung, den Wink mit dem Augenzwinkern – und hat es darin zu wahrer Meisterschaft gebracht. Das Interessanteste und Originellste findet sich in vielen ihrer Essays und Kritiken nicht in den Darlegungen, sondern in den Andeutungen, nicht in den Behauptungen, sondern in den Mutmaßungen. Und da sie wie nur wenige in unseren Tagen die Kunst beherrscht, schwierige Zusammenhänge und Gedanken über komplizierte ästhetische, historische und auch philosophische Phänomene in entspannter Prosa einsichtig und durchsichtig zu machen, da es ihr immer wieder gelingt, sogar über trockene Gegenstände anregend, ja beschwingt zu schreiben, sind wir gern bereit, uns von ihr unterrichten zu lassen und ihr zu folgen.

Ein Mißverständnis allerdings muß sie in Kauf nehmen: Hilde Spiels Aufsätze, die sich anspruchslos und unwissenschaftlich geben, sind in Wirklichkeit anspruchsvoll und können einer wissenschaftlichen Überprüfung sehr wohl standhalten. Da jedoch deren Lektüre keiner Mühe bedarf, meinen manche, sie seien auch ohne Mühe entstanden. Das Gegenteil ist der Fall: Sie gehört zu jenen nicht sehr zahlreichen Essayisten deutscher Zunge, die sich fortwährend anstrengen, damit sich die Leser nicht anzustrengen brauchen.

Dieser ehrenwerten Bemühung verdankt Hilde Spiel ein großes Publikum. Aber damit hat auch eine gewisse, höchst bedauerliche Fehleinschätzung ihrer Arbeit zu tun. Es ist bezeichnend für die Misere unseres literarischen Lebens, daß man mit dem Erfolg und der Popularität eines Kritikers, eines Essayisten oft und gern die Minderwertigkeit oder zumindest die Fragwürdigkeit seiner Leistung beweisen möchte. Der Vorwurf, der gegen einen solchen Kritiker erhoben wird (und zwar meist von seinen weniger einflußreichen Kollegen), lautet dann: Er wird viel gelesen, weil er nur artikuliert, was das Publikum ohnehin denkt, und weil er sich überdies so ausdrückt, daß ihn jedermann gleich versteht – und das ist offenbar eine Erzsünde.

Da jedoch, wo immer noch der Befund Nietzsches gilt, daß viele Schriftsteller ihre Gewässer trüben, damit sie tief scheinen, da, wo der Satz Schopenhauers »Und doch ist nichts leichter, als so zu schreiben, daß kein Mensch es versteht« seine Aktualität nicht einbüßen will – in Deutschland also ist eine Autorin wie Hilde Spiel ein wahres Labsal. Denn auf sie treffen die Worte zu, mit denen sie einst Egon Friedell charakterisierte: »Egon Friedell schrieb für den gebildeten Leser, doch jeder versteht ihn, der den Willen dazu hat. Dies rührt daher, daß er niemals über den Kopf des Lesers hinwegsieht, sondern in Augenhöhe zu ihm redet – freilich in seiner eigenen, die beträchtlich war.« Ähnlich wie Friedell vermag Hilde Spiel, indem sie uns belehrt, uns auch noch zu unterhalten – und dies hat man ihr hier und da ebenfalls verübelt. Sie versteht sich auf die unnachahmliche, auf die bewundernswerte österreichische Kunst, die Einsicht in die Bitterkeit und in die Vergänglichkeit des Daseins auf charmante Weise und in bestrickend freundlicher Form zu bieten und noch aus dem Lebensüberdruß kleine Meisterwerke der Liebenswürdigkeit zu schaffen.

Ihre Berichte gehen unmerklich in Geschichten und

bisweilen in Anekdoten über, aber in ihren scheinbar unbeschwerten Geschichten und Anekdoten verbergen sich immer auch nüchterne Auseinandersetzungen mit der Epoche, mit der jeweils behandelten Zeit. Was als Feuilleton beginnt, erweist sich oft als Essay. Und was essayistisch anhebt, hat gleichwohl die Leichtigkeit des vorbildlichen Feuilletons. Ihre Gedichte, Nebenarbeiten allesamt, sind eher Skizzen in Versen, aber ihre schönsten Skizzen gleichen Gedichten in Prosa. In ihrer Publizistik spüren wir das Temperament einer Erzählerin, und in ihren Erzählungen und Romanen ist das Engagement der Journalistin so offenkundig wie die Intellektualität der Essayistin.

Dieses Zusammenspiel ästhetischer und gesellschaftlicher, historischer und kulturgeschichtlicher Kategorien und Kriterien, die in Hilde Spiels Schriften zu einer fugenlosen, zu einer ganz natürlichen Einheit zusammenfinden, hat freilich mit zwei Faktoren zu tun, die in allem, was sie veröffentlicht, zum Vorschein kommen – mit Liebe und mit dem Geist der Kritik. Das aber sind Elemente, die sich nicht nur gut miteinander vertragen, die sich vielmehr erst gegenseitig ermöglichen und bedingen. Hilde Spiels Kritik der Literatur, des Theaters, der bildenden Künste, der Gesellschaft, ja des Lebens schlechthin resultiert immer aus der Liebe zur Sache – auch und erst recht da, wo sie ablehnt oder verwirft. Und ihre Liebe zur Sache ist nie unkritisch – auch da nicht, wo sie rühmt und preist.

Ein glänzendes Beispiel dieser liebevollen Kritik und dieser kritischen Sympathie und zugleich der Fähigkeit Hilde Spiels, Historisches auf anmutige Weise lebendig werden zu lassen, ist das Buch, das als ihr Hauptwerk gelten kann: die Biographie der Franziska Itzig aus Berlin, die als Fanny von Arnstein offenbar ganz Wien faszinierte, die Geschichte also der »skandalösen Preußin« und »schönen Hebräerin«, der deutschen Jüdin, die in Österreich triumphierte und die doch nicht aufhören konnte, Preußen zu lieben. Was in diesem so reichhaltigen Buch vor uns ausgebreitet wird, ist ungleich mehr als der Lebensweg einer außerordentlichen Frau, die hier zum Sinnbild der Emanzipation der Juden erhoben wird – es ist ein Stück österreichischer, jüdischer und preußischer und schließlich europäischer Geschichte und Kulturgeschichte. Dem vielgerühmten Werk Ricarda Huchs über den Dreißigjährigen Krieg steht die Monographie über Fanny von Arnstein keineswegs nach – und auch dieses Buch stammt, ähnlich wie jenes der Ricarda Huch, aus der Feder ebenso einer Chronistin wie einer Erzählerin.

Als Erzählerin bewährt sich Hilde Spiel vor allem in der Darstellung von signifikanten Alltäglichkeiten, sei es aus der Vergangenheit, sei es aus der Gegenwart. Ihren Romanen mag man viel vorwerfen, doch den Sinn für vielsagende Details wird ihnen niemand absprechen können. In ihrem zuerst in englischer Sprache geschriebenen und 1961 in London veröffentlichten Roman »Lisas Zimmer«, der erst später, 1965, in deutscher Fassung erschienen ist, findet sich eine Stelle, die diese Detailkunst Hilde Spiels gut belegt. Die unheroische Heldin dieses Romans ist kurz nach dem Zweiten Weltkrieg in Rom, wo sie irgendwelche Verfehlungen wegen von einem freundlichen amerikanischen Offizier vernommen wird. Er bietet ihr eine Zigarette an: »Während ich mich bediente, blickte ich auf das Paket. Es waren Pall Mall. Auf dem roten Glanzpapier sah ich ein Wappen und Worte IN HOC SIGNO VINCES. Es lag etwas so Kühnes, so Hochfahrendes, so unendlich Schamloses und dennoch Entwaffnendes in der Idee, ein Zigarettenpaket mit diesen heiligen Worten des Abendlandes zu bedrucken, den Worten der Vision des Kaisers Konstantin, daß ich mich geschlagen gab. Hier kam die Neue Welt und trampelte auf dem erhabenen Erbe der alten mit einer blauäugigen Unschuld herum, der ich nicht widerstehen konnte.«

Anders als die Heldin dieses Romans kann seine Autorin sehr wohl widerstehen, sie gibt sich nicht geschlagen. In einer Zeit, in der die Kontinuität der geistigen Leistungen eher schwach ist und das Band, das uns mit der Vergangenheit verbindet, oft abzureißen droht, wird Hilde Spiel zur unermüdlichen Sachwalterin der kulturellen Überlieferung, die sie interpretiert und also vermittelt, die sie kritisiert und also am Leben erhält. Ja, sie beschäftigt sich immer wieder mit der Tradition, sie ist mit ihr im Bunde. Aber Hilde Spiels Rückgriff auf das Vergangene hat stets mit unserer unmittelbaren Gegenwart zu tun und bezieht von ihr seine Rechtfertigung. So wäre wohl ohne Auschwitz das Buch über Fanny von Arnstein kaum entstanden. Die Arbeiten über Moses Mendelssohn und andere Aufklärer, über William Blake und Lord Byron, über Katherine Mansfield und Virginia Woolf und natürlich auch über viele Österreicher, zumal über Hofmannsthal und Schnitzler, beweisen, daß Hilde Spiels Verhältnis zur Tradition nicht etwa von einer Art Bequemlichkeit herrührt und nichts mit geistiger Trägheit zu tun hat.

Sie gehört also nicht zu jenen, die das Vergangene genießen und rühmen, weil sie der heutigen Literatur oder Musik oder Malerei ausweichen möchten, weil sie das oft Schwierige und eben Unbequeme fürchten und sich vom Leibe halten wollen. Sie weiß sehr wohl, worauf es immer wieder ankommt – nämlich im Alten das Moderne zu entdecken und im angeblich Modernen das Antiquierte zu entlarven. Hilde Spiels Liebe zur Tradition hängt mit einem zentralen Erlebnis ihrer Jugend zusammen: Auch sie stand im Banne jenes genialen österreichischen Dichters, der ein unvergleichlicher Mittler zwischen den Kulturen vieler Epochen und auch vieler Länder war.

Natürlich spreche ich von Hugo von Hofmannsthal. Und wenn es hier in Wien einen von Hans Weigel ins Leben gerufenen Verein zur Abwehr der Überschätzung Hofmannsthals gibt – übrigens bin ich ganz ohne Verdienst und gegen meinen Willen zum Ehrenmitglied dieser Organisation ernannt worden –, so kann mich auch dies nicht hindern, einen anderen Verein zu gründen, nämlich zur Abwehr der Unterschätzung Hans Weigels. Die Schule Hofmannsthals ist den Schriften Hilde Spiels oft anzumerken. Die so offenkundige Freude am Wohlklang und an der Musikalität der Sprache, das Verlangen nach Grazie und Schönheit, die Sehnsucht, ja die Begierde nach Stil – das alles kommt von dem großen Ahnherrn.

Doch wie stark der Einfluß Hofmannsthals auch gewesen sein mag, sicher ist, daß die geistigen Wurzeln unserer Jubilarin zugleich und in vielleicht noch höherem Maße in einer erheblich früheren Epoche zu suchen sind. Erst kürzlich hat sich Hilde Spiel nachdrücklich und rückhaltlos zur Aufklärung bekannt und gegen den neuen Irrationalismus gewandt. Von dort kommt ihr Vertrauen zur ethischen Macht des Logos, ihr Glaube an die moralische Wirkung der Vernunft – und das sind Kategorien, auf die man in den deutschsprachigen Ländern in der Regel nicht gut zu sprechen ist.

So hartnäckig die Vorliebe für das Irrationale, das Dunkle und Geheimnisvolle – eine Vorliebe übrigens, von der nicht nur die Verse Paul Celans und die Prosastücke Günter Eichs profitieren, sondern auch die Dramen Becketts und sogar die Parabeln Kafkas –, so unverwüstlich ist seit den Tagen der Romantik die mehr oder weniger leise, doch stets unverkennbare Verachtung dessen, was man mit überlegenem Lächeln den »gesunden Menschenverstand« nennt. Wer ihn heute einem Kritiker, einem Essayisten bescheinigt oder, richtiger gesagt, anlastet, will damit – und nichts kompromittiert unser literarisches Leben mehr als dies – seine angeblich engen, braven und hausbackenen Dimensionen denunzieren.

Hilde Spiel hat sich von dem Geschwätz der Irrationalisten nie beirren lassen. Aber eben weil sie eine Anhängerin der Vernunft und des gesunden Menschenverstandes ist, ließ sie sich nie zum Werkzeug einer Ideologie oder Schule degradieren. Auch ihr kann man jene »verantwortungsvolle Ungebundenheit« nachrühmen, die einst Thomas Mann Fontane, ebenfalls einem entschiedenen Anhänger des gesunden Menschenverstands, bescheinigt hat. Auch Hilde Spiel mißtraut den unanfechtbaren Wahrheiten. Daher ist der Ort ihrer Essays zwischen Wissen und Zweifel zu suchen: Sie verbinden die Einsichten in das Wesen der Phänomene mit dem Bewußtsein der Fragwürdigkeit ebendieser Einsichten.

Damit mag es zusammenhängen, daß Hilde Spiel meist dicht am Gegenstand ihrer Betrachtung bleibt und sich hütet, den Boden der Realien zu verlassen. Sie hat eine Schwäche für das Konkrete und das Überprüfbare. Sie schreibt mit der notwendigen Objektivität und mit der zulässigen Subjektivität. So gelingt es ihr, das Individuelle mit dem Allgemeinen zu verknüpfen und das eine im anderen sichtbar zu machen. Ihr Tagebuch »Rückkehr nach Wien« ist eine persönliche Konfession und zugleich eine zeitgeschichtliche Dokumentation. In diesem 1969 erschienenen Buch gesteht Hilde Spiel: »Ich muß befürchten, daß mein Schwerpunkt irgendwo in den Lüften Europas liegt, in einer schwebenden Wolke über England, Österreich, Italien, Frankreich, abwechselnd angezogen und abgestoßen, ohne an diesem oder jenem Ort niederzugehen.« An einer anderen Stelle bezeichnet sie sich als »eine Europäerin auf der steten Suche nach der verbindenden Erläuterung, dem einenden Wort«.

Wer sich so ostentativ zu Europa bekennt, der tut es in der Regel nicht ganz freiwillig. Hilde Spiel hat über ein Vierteljahrhundert in London gelebt und dankbar auf den großen Einfluß verwiesen, den englischer Geist und englischer Lebensstil auf ihre Entwicklung und ihre Mentalität ausgeübt haben. Nicht jedem ist es gegeben, zwei Kulturen so gründlich kennenzulernen und von beiden das jeweils Beste für sich zu nehmen und zu adaptieren. Ob freilich der so Beschenkte beneidenswert ist, sei dahingestellt. Martin Walser sagte unlängst, Heine habe es in seinem Leben zu zwei Identitäten gebracht, zu der eines deutschen Dichters und zu der eines Juden. Aber – fügte Walser hinzu – »zwei Identitäten, das ist weniger als eine«. So hat auch, wer sich auf mehr als auf *eine* Heimat berufen kann, im Grunde weniger als *eine* Heimat.

Heine erzählt, das Volk habe auf Dante, als er durch die Straßen von Verona ging, mit Fingern gezeigt und geflüstert: »Der war in der Hölle.« Hätte er denn sonst – meinte das Volk – die Qualen der Menschen in der Hölle so genau schildern können? Ja, sagt Heine, Dante war wirklich in der Hölle gewesen, denn »er war im Exil«. Hilde Spiel geht nicht so weit wie Heine: Sie nennt das Exil nicht eine Hölle, sondern eine Krankheit, die freilich Spuren für immer hinterlasse.

Wir wissen es längst: Wer einmal aus seinem Land oder aus dem Land, das er für das seine hielt, vertrieben wurde, dem fällt es schwer, mit ihm je wieder Frieden zu schließen. In Hilde Spiels Aufsätzen ist bisweilen die Rede von dem Fremdling, der »Gast im Lande seiner Geburt« ist. Sie bekennt sich nahezu euphorisch zu Österreich, zu der Stadt Wien, zur Landschaft, zur österreichischen Musik und Literatur; aber mit den Menschen in Österreich könne sie sich »nicht immer und unter allen Umständen« eins fühlen. Gewiß, einige Menschen nennt sie dann doch: Allerdings sind es Figuren von Schnitzler und Hofmannsthal, von Doderer und Lernet-Holenia.

Eben weil Hilde Spiel meint, »daß die Kluft zwischen den Daheimgebliebenen und den Ausgewanderten sich nie wieder völlig schließt«, und da sie sich dessen bewußt ist, daß es letztlich wahnsinnige Vorurteile waren, die zu den größten Katastrophen unseres Jahrhunderts führten, gilt ein nicht geringer Teil ihrer Arbeit dem Kampf gegen gedankliche Verkrustungen und nationale Klischees. Mit sanfter Hartnäckigkeit bemüht sie sich seit mindestens zwanzig Jahren, das Bild, das in anderen Ländern, zumal in Deutschland, von österreichischer Lebensart und Geisteshaltung existiert, zu vervollständigen, zu korrigieren und von jenen erstarrten Vorstellungen zu befreien, die von Generation zu Generation unbedenklich weitergereicht werden. Ihr Buch »Wien – Spektrum einer Stadt« gehört in diesen Zusammenhang. Das verschüttete und verkannte Wesen Österreichs – niemand hat es in der Zeit nach dem Zweiten Weltkrieg gerechter und liebevoller und vor allem anschaulicher gezeigt als Hilde Spiel.

Bedenkt man dies, dann erscheint es doch etwas verwunderlich, daß man unsere Jubilarin zwar mehrfach hierzulande ausgezeichnet hat, doch nie mit einem der hohen österreichischen Preise. Aber man sollte dergleichen nicht leichtfertig mißverstehen. Als Gerhart Hauptmann im Jahre 1905 der Ehrendoktor der Universität Oxford verliehen wurde, sagte Bernard Shaw in einer Tischrede: »Ich bewundere Deutschland sehr. Es ist ein großes Land. Und wie alle großen Länder ist es auch bescheiden. Es überläßt gern die Ehrung seiner bedeutenden Persönlichkeiten dem Ausland.« Auch

Österreich ist ein bewundernswertes, und, wie wir sehen, ein bescheidenes Land.

Doch vielleicht hielt man eine besondere Auszeichnung Hilde Spiels schon deshalb für entbehrlich, weil ihr Ruf ohnehin längst gefestigt ist und die Grenzen dieses Landes überschritten hat: Erst vor wenigen Tagen nannte die »Neue Zürcher Zeitung« unsere Jubilarin die »Grande Dame der österreichischen Literatur«. Dies indes war nur ein Understatement: Denn mittlerweile ist sie die »Grande Dame der deutschsprachigen Literatur«.

Aber ihr Lebenswerk geht weit über das Literarische hinaus. Wie könnte man es mit einem einzigen Begriff definieren? Eine berühmte Äußerung Friedrich Schlegels über Lessing abwandelnd, darf ich sagen: Alles, was Hilde Spiel getan, gebildet, versucht und gewollt hat, läßt sich am füglichsten unter dem Begriff der Kultur zusammenfassen. Ja, alles, was sie geschrieben hat, ist Kritik und Verteidigung der Kultur und ist schließlich und vor allem Beschwörung der Kultur.

Rede zum 70. Geburtstag von Hilde Spiel, gehalten in Wien am 27.10.1981.